La Femme changée en renard

David Garnett

La Femme changée en renard

Traduit de l'anglais par
JANE-SIMONE BUSSY
et
ANDRÉ MAUROIS

Bernard Grasset
PARIS

David Garnett / La femme changée en renard

Né en 1892 à Brighton, David Garnett passa sa jeunesse dans les livres et les idées. Son grand-père, Richard Garnett, critique et essayiste, était conservateur des livres au British Museum. Sa mère, Constance, était traductrice; son père, Edward, lecteur dans une maison d'édition; « des gens remarquables et fort intelligents », « travailleurs, frugaux, aveugles aux plaisirs visuels et indifférents au luxe[1] *». C'est peut-être ce milieu familial éclairé qui nourrit le pacifisme du jeune David. Objecteur de conscience pendant la Première Guerre mondiale, il travailla dans une ferme du Sussex et aida un groupe de quakers à reconstruire des maisons détruites à Sainte-Menehould, dans le nord de la France. En 1919, toujours dans les livres, il s'installe comme libraire à Londres – plus tard il travaillera dans l'édition, publiant notamment un choix de lettres de T.E. Lawrence, dont il fut l'intime.*

Au début des années vingt, il est remarqué

1. Extrait des souvenirs d'Angelica Garnett, *Trompeuse Gentillesse*, publiés chez Christian Bourgois en 1986.

par le public et par la critique avec un premier récit dont le titre est déjà tout un programme : la Femme changée en renard *(cet ouvrage est dédié au peintre Duncan Grant, grand ami de l'auteur, dont Garnett épousera la fille, Angelica, après avoir divorcé de sa première femme, Ray). Suivront parmi ses romans les plus connus en France,* Un homme au zoo *(1924), qui rompt avec le merveilleux sans renier les caprices de l'imagination ni cette légèreté railleuse qui est la marque de Garnett, puis, en 1927,* Elle doit partir, *qui vaut surtout par de superbes descriptions impressionnistes du Huntingtonshire et un singulier tableau de Paris. En 1932, il livra quelques fragments de sa vie dans* le Lapin qui s'envole*; le titre paraît moins farfelu quand on sait que l'auteur était surnommé « Bunny » par ses proches et qu'il apprit tout seul à piloter un aéroplane... Complice du groupe d'intellectuels de Bloomsbury, animé par la grande et pétillante Virginia Woolf, Garnett aimait les femmes (liaison avec la romancière Dorothy Edwards, passade avec le modèle Betty Edwards...) et savait les séduire. Angelica le décrit ainsi au début de leur flirt : « Il était assis, larges d'épaules à la lumière de la lampe, un sourire en coin sur ses lèvres ; ses yeux bleus me fixant, me perçant, m'empêchaient de voir que derrière une façade courtoise et charmante, Bunny était un bulldozer »... à l'image de son œuvre où l'humour et* *la fantaisie parfois dissonants n'excluent pas une certaine gravité, voire cruauté, de thèmes. Il est mort en 1981 à Montcuq dans le Lot, laissant un triptyque autobiographique (*The Golden Echo, Flowers of the Forest *et* Familiar Faces*).*

Roman fantastique, conte ou fable? A sa sortie en 1922, la Femme changée en renard *dérouta comme un objet écrit non identifié. L'édition française, à la librairie Grasset, mentionnait* roman, *mais comportait des illustrations comme dans un conte; la première phrase, il est vrai, promettait un plaisir enfantin : « Les faits merveilleux ou surnaturels ne sont pas aussi rares qu'on le croit; il faudrait plutôt dire qu'ils se produisent sans ordre. »*

A la fin du siècle dernier, Silvia Tebrick et son mari Richard se promènent dans une forêt d'Angleterre. Une chasse passe. Silvia pousse un cri. Quand Richard se retourne, sa femme s'est transformée en renarde au pelage rouge! L'auteur se garde bien d'expliquer la métamorphose, il mise sur la gratuité, le pur insolite. Tout juste sait-on que, dans sa jeunesse, Silvia fut traumatisée par sa première chasse à courre, mais Garnett n'exploite pas ce filon symbolique.

Le couple Tebrick, désormais étrangement assorti, va poursuivre bon gré mal gré sa vie commune. Silvia est bouclée dans la chambre conjugale. Changée en renarde, elle n'en continue pas moins de manifester beaucoup d'amour à son époux qui la brosse et la pare tous les jours. Le soir, il continue à faire avec elle, comme avant, une partie de piquet... Mais bientôt Silvia manifeste son nouvel instinct, elle mord, saigne un lapin, creuse des terriers. Son mari doit se résoudre à lui rendre sa liberté. Elle donnera naissance à des renardeaux, dont Mr. Tebrick, toujours amoureux (et jaloux), acceptera d'être le parrain. Mais la pauvre mourra sous les dents des chiens...

On peut tenter, comme il y a soixante-dix ans, d'interpréter cette histoire. Allégorie du combat de l'âme et du corps? de l'amour aveugle? Satire contre les femmes? Rien n'est vraiment probant. Il faut donc capituler devant la magie de Garnett, et reconnaître comme le fit un critique de l'époque qu' « il y a là une originalité qui nous surprend et nous dépasse [1] *».*

1. En 1961, l'écrivain Vercors répondait à Garnett en publiant *Sylva*, roman d'une renarde changée en femme (disponible en « Cahiers Rouges »).

A Duncan Grant

Les faits merveilleux ou surnaturels ne sont pas aussi rares qu'on le croit ; il faudrait plutôt dire qu'ils se produisent sans ordre. Parfois tout un siècle s'écoule sans qu'on observe le plus petit miracle, puis soudain lève une riche moisson de prodiges ; des monstres étranges grouillent sur la terre, des comètes flamboient dans les cieux, des éclipses terrifient la nature, des météores tombent en pluie, cependant que sirènes et filles de la mer ensorcellent les navigateurs, et que des cataclysmes terribles assiègent l'humanité.

Mais l'étrange événement que je raconte ici, arriva seul dans un monde hostile, sans appui, sans compagnons, et c'est sans doute pour cette raison qu'il attira peu l'attention des hommes. Car le changement soudain de Mrs. Tebrick en renard est un fait établi que l'on peut essayer d'expliquer comme on veut. La seule difficulté est de comprendre ce fait et de le concilier avec nos croyances habituelles ; ce n'est pas d'accepter pour vraie une histoire pleinement prouvée, non par un témoin, mais par douze, tous honorables, et sans collusion possible entre eux.

Pour moi, je me bornerai à un récit exact de l'événement et de tout ce qui suivit. Je me garderai pourtant de dissuader le lecteur de chercher l'explication de ce miracle apparent, sous prétexte que, jusqu'à ce jour, il n'en a été trouvé aucune qui fût entièrement satisfaisante. Ce qui, à mon avis, ajoute à la difficulté, c'est que la métamorphose prit place alors que Mrs. Tebrick était déjà une femme faite; c'est aussi que l'événement se produisit avec une telle rapidité. La poussée d'une queue, l'apparition graduelle de poils sur le corps, le changement lent d'une anatomie par un mécanisme de croissance, tout cela eût été monstrueux, mais non pas impossible à concilier avec nos conceptions ordinaires, surtout si cela s'était produit chez un enfant.

Mais ici nous nous trouvons en présence d'un cas très différent. Une femme faite est changée d'un seul coup en renard. Voilà qui ne peut être expliqué par aucune philosophie naturelle. Le matérialisme de notre époque ne nous est d'aucun secours. C'est à la lettre un *miracle*; un fait entièrement étranger à notre monde; un événement que nous accepterions volontiers si nous le rencontrions dans l'Écriture Sainte revêtu de l'autorité de la Révélation Divine, mais qui nous déroute quand il se passe dans l'Oxfordshire, parmi nos voisins et presque de nos jours.

Les seuls indices qui suggèrent une explication possible ne sont que conjectures vagues et je les donne ici moins pour leur propre valeur que pour ne rien cacher au lecteur.

Il est certain que le nom de jeune fille de Mrs. Tebrick était Fox [1], et il est fort possible que la famille ait reçu ce nom en sobriquet parce qu'un miracle du même ordre s'y était produit auparavant. C'était une très vieille famille qui, depuis des temps

1. *Fox*, en anglais, signifie renard.

immémoriaux, avait comme résidence Tangley Hall. Il est vrai aussi qu'on avait vu jadis, enchaîné dans la cour intérieure de Tangley Hall, un renard a demi apprivoisé, et j'ai souvent entendu des raisonneurs de cabaret attacher grande importance à cette circonstance, bien qu'ils fussent toujours forcés d'admettre que « ce n'était pas du temps de Miss Silvia ». Au premier abord, j'avais été tenté de trouver une explication dans le fait suivant : Silvia Fox ayant assisté, quand elle avait dix ans, à une chasse à courre, avait été barbouillée de sang (comme on a coutume de faire à ceux qui chassent pour la première fois). Il paraît que cette scène lui inspira un grand effroi, ou un grand dégoût, et qu'elle vomit aussitôt après. Mais je ne vois plus maintenant en quoi cet incident jette beaucoup de lumière sur le miracle lui-même; nous savons cependant que depuis ce jour elle plaignit toujours les « pauvres renards » quand une chasse se préparait et qu'elle ne chassa jamais elle-même jusqu'à son mariage. Son mari seul l'y fit consentir.

Elle épousa, en 1879, après de courtes fiançailles, Mr. Richard Tebrick et ils allèrent vivre après leur lune de miel à Rylands, près de Stokoe. Il y a un point que je ne suis pas parvenu à déterminer; c'est comment les époux s'étaient connus. Tangley Hall est à plus de trente milles de Stokoe, et très isolé. Aujourd'hui encore il n'y a pas de vraie route qui y conduise, ce qui est d'autant plus étrange que c'est le principal, et même le seul château à plusieurs milles à la ronde.

Fut-ce une rencontre sur la grand-route, ou, ce qui serait moins romanesque, mais plus probable, Mr. Tebrick fit-il la connaissance de l'oncle de sa future femme, un chanoine d'Oxford, et fut-il invité par lui à Tangley Hall, je ne saurais le dire. Mais, de quelque façon qu'ils se soient connus, le mariage fut très heureux. La jeune femme était dans sa vingt-troisième année. Elle était petite, avec des mains et des pieds remarquablement petits. Il est peut-être intéressant de noter qu'il n'y avait rien de désagréable ou de rusé dans son apparence, rien qui pût faire penser à un renard. Au contraire, c'était une femme tout à fait belle et aimable. Ses yeux étaient couleur de noisette, mais clairs et d'un éclat très vif, ses cheveux d'un ton sombre légèrement teinté de roux, sa peau brune, avec quelques taches de rousseur et de petits grains de beauté. Elle était réservée jusqu'à paraître presque timide, mais parfaitement maîtresse d'elle-même, et de manières très distinguées.

Elle avait été sévèrement élevée par une femme qui joignait d'excellents principes à des talents considérables et qui était morte à peu près un an avant le mariage. Miss Silvia Fox avait perdu sa mère depuis longtemps ; son père, condamné à garder le lit, avait eu l'esprit un peu dérangé pendant la période qui avait précédé sa mort ; aussi n'avait-elle jamais vu que peu de visiteurs en dehors de son oncle le chanoine. Ce dernier faisait souvent à Tangley Hall des séjours d'un ou deux mois, surtout en hiver, car il aimait la chasse à la bécasse, gibier fort abondant dans cette vallée. Si Silvia ne devint pas une sorte de Goton campagnarde, elle le dut à la sévérité de sa gouvernante et à l'influence de son oncle. Mais il est probable que la vie dans un endroit aussi farouche lui donna quelque disposition à la sauvagerie, malgré les heureux effets d'une éducation religieusc. Sa vieille nourrice disait : « Au fond, Miss Silvia a toujours été un peu sauvage. » Était-ce vrai? Personne, hors Mr. Tebrick, n'en remarqua jamais rien.

L'un des premiers jours de l'année 1880, au début de l'après-midi, le mari et la femme allèrent faire un tour dans les bois, sur la petite colline qui domine Rylands. Leur attitude à cette époque était encore celle de deux amants, et ils ne se quittaient jamais. Pendant leur promenade, ils entendirent les aboiements d'une meute et plus tard le cor d'un piqueur dans le lointain. Mr. Tebrick, non sans difficulté, avait réussi à entraîner sa femme à la chasse le lendemain de Noël et elle n'y avait pris aucun plaisir, quoiqu'elle eût assez de goût pour le cheval.

En entendant la chasse, Mr. Tebrick pressa le pas pour atteindre la lisière du bois d'où l'on avait chance de bien voir les chiens, s'ils venaient de ce côté. Sa femme resta un peu en arrière et lui, prenant sa main, commença presque à la traîner. Avant qu'ils eussent atteint la lisière, elle arracha violemment sa main de celle de son mari et poussa un cri, de sorte qu'il tourna brusquement la tête.

A l'endroit où sa femme avait été un instant plus tôt, il vit un petit renard d'un rouge très vif. Ce petit animal le regarda d'un air suppliant, avança vers lui d'un pas ou deux et Mr. Tebrick comprit tout de suite que sa femme le regardait avec les yeux de cette bête.

Vous pouvez bien imaginer quelle fut sa consternation, et quelle sans doute celle de la dame en se trouvant sous cette forme. Ils restèrent donc ainsi pendant près d'une demi-heure sans pouvoir faire nulle autre chose que de se regarder, lui tout égaré, elle demandant des yeux comme si elle avait parlé : « Que suis-je devenue maintenant? Ayez pitié de moi, mon cher mari, ayez pitié, car je suis votre femme. »

Ainsi, lui la regardant et la reconnaissant si bien, même sous cette forme, et pourtant se demandant à chaque moment « Est-ce bien elle? Est-ce que je ne rêve point? »; elle le suppliant, puis le caressant, et paraissant lui dire que c'était en effet bien elle, ils se rapprochèrent enfin et il la prit dans ses bras. Elle se serra contre lui, se blottit sous son manteau et se mit à lui lécher le visage sans jamais détacher ses yeux des siens.

Le mari, pendant tout ce temps, continuait à rouler la chose dans sa tête, et à regarder fixement sa femme, mais il ne pouvait rien comprendre à ce qui était arrivé, et trouvait sa seule consolation dans l'espoir que ce n'était qu'un changement passager, et que bientôt elle redeviendrait celle qui était la chair de sa chair.

Et, parce qu'il était bien plus un amant qu'un mari, l'idée lui vint que tout ceci était arrivé par sa faute, car il avait l'habitude, dans les accidents pénibles de la vie, de toujours s'accuser lui-même, jamais elle.

Ils passèrent ainsi un temps assez long, si bien qu'enfin les larmes montèrent aux yeux de la pauvre renarde, qui se mit à pleurer silencieusement et à trembler comme si elle avait eu la fièvre. Alors il ne put plus contenir ses propres larmes et, s'asseyant sur le sol, il sanglota pendant longtemps. Mais, entre ses sanglots, il l'embrassait comme si elle avait été une femme, sans songer dans sa douleur qu'il baisait un renard sur le museau.

Après qu'ils furent restés ainsi jusqu'à l'approche de la nuit, il se ressaisit un peu et pensa qu'il était indispensable de la cacher de façon quelconque pour la transporter à la maison.

Il attendit que la nuit fût complète pour pouvoir mieux la faire entrer sans être vu, puis il la boutonna sous son pardessus ; même, il alla, dans sa passion, jusqu'à déchirer son gilet et sa chemise pour qu'elle pût être plus près de son cœur. Car, quand nous sommes accablés par un très grand chagrin, nous n'agissons plus comme hommes ou femmes, mais comme les petits enfants pour qui le remède à tous les maux est de se presser contre la poitrine de leur mère ou, si celle-ci n'est pas là, de se serrer bien fort dans les bras l'un de l'autre.

Quand tout fut noir, il la fit entrer avec des précautions infinies, mais non sans que les chiens l'eussent pu flairer, après quoi il devint impossible de les calmer.

L'ayant ainsi introduite dans la maison, il pensa ensuite aux moyens de la cacher aux domestiques. Il la porta dans ses bras jusqu'à la chambre à coucher, puis redescendit.

Mr. Tebrick logeait trois domestiques ; la cuisinière, la femme de chambre, et une vieille femme qui avait été la nourrice de Mrs. Tebrick. En plus de ces femmes il y avait un garçon d'écurie ou un jardinier (comme il vous plaira de l'appeler) qui était célibataire et demeurait avec une famille d'ouvriers à environ un demi-mille de là.

Mr. Tebrick, en descendant, tomba sur la femme de chambre.

« Janet, dit-il, Madame et moi, nous venons de recevoir de mauvaises nouvelles. Madame a été appelée à Londres et a dû partir cet après-midi. Moi, je reste encore ce soir pour mettre nos affaires en ordre. Nous allons fermer la maison, il faudra que je vous donne un mois de gages, à vous et à Mrs. Brant et que je vous demande de partir demain matin à sept heures. Nous irons probablement sur le Continent et je ne sais pas quand nous reviendrons. Voulez-vous le dire aux autres, et maintenant préparez mon thé et apportez-le-moi sur un plateau dans mon cabinet de travail. »

Janet ne dit rien; c'était une fille timide, surtout avec les messieurs, mais quand elle entra dans la cuisine, Mr. Tebrick entendit soudain un bruit de conversation et de grandes exclamations de la cuisinière.

Quand elle revint avec le thé, Mr. Tebrick lui dit : « Je n'aurai pas besoin de vous en haut. Faites vos malles et dites à James de préparer la carriole demain matin à sept heures pour vous conduire à la gare. Je suis occupé pour le moment, mais je vous verrai avant votre départ. »

Quand elle fut sortie, Mr. Tebrick monta le plateau. Au premier moment, il crut la chambre vide et sa renarde partie, car il ne voyait aucune trace d'elle, mais au bout d'un instant quelque chose remua dans un coin de la chambre, et la voilà qui s'avance vers lui, traînant sa robe de chambre dans laquelle elle était parvenue, Dieu sait comment, à se fourrer.

Ceci doit certainement avoir été un spectacle comique, mais le pauvre Mr. Tebrick était trop affligé alors, et le fut toujours trop par la suite, pour pouvoir se divertir de telles scènes ridicules. Il ne fit qu'appeler doucement : « Silvia, Silvia! Que faites-vous là? » Puis, tout d'un coup, il comprit ce qu'elle essayait de faire, et commença une fois de plus à s'accabler de reproches violents pour navoir pas deviné que sa femme ne supporterait pas d'aller toute nue, malgré la forme qu'elle avait prise. Alors il n'eut point de cesse qu'il ne l'eût habillée convenablement. Il sortit toutes les robes de l'armoire pour les lui donner à choisir, mais, comme on pouvait s'y attendre, elles étaient toutes trop grandes. Enfin il trouva une petite matinée qu'elle aimait à porter quelquefois à sa toilette. Ce vêtement était de soie à fleurs, garni de dentelles, et les manches en étaient assez courtes pour aller très bien maintenant ; lorsqu'il noua les rubans, la pauvre dame le remercia d'un doux regard, non sans pudeur et confusion. Il l'installa dans un fauteuil à l'aide de coussins et ils prirent le thé ensemble, elle buvant très délicatement dans une soucoupe et prenant ses tartines beurrées des mains de Mr. Tebrick. Tout ceci (ou du moins, il le crut) montrait bien que sa femme était toujours la même. Elle faisait voir dans sa conduite si peu de manières animales et au contraire tant de délicatesse et de décence, surtout dans ce souci de ne pas courir toute nue, qu'il en tira grande consolation et commença de s'imaginer qu'ils pourraient encore être heureux ensemble, si seulement ils pouvaient échapper au monde et vivre toujours seuls.

Il fut tiré de ce rêve trop confiant par la voix du jardinier qui parlait aux chiens, essayant de les calmer, car depuis que leur maître était revenu avec sa renarde, ils n'avaient cessé d'aboyer, de pleurer et de grogner; tout cela, Mr. Tebrick le savait bien, parce qu'il y avait un renard dans la maison et qu'ils voulaient le tuer.

Il se leva brusquement, cria au jardinier qu'il allait descendre lui-même pour calmer les chiens, et il ordonna à l'homme de rentrer et de le laisser faire. Cela fut dit d'un ton sec et énergique qui obligea ce garçon à obéir, mais bien contre son gré, car il était curieux. Mr. Tebrick descendit, prit son fusil au râtelier, le chargea et sortit dans la cour.

Or Mr. Tebrick avait deux chiens,

dont l'un était un beau setter irlandais qui était le chien de sa femme et qu'elle avait apporté avec elle de Tangley Hall lors de son mariage; l'autre était un vieux fox-terrier appelé Nelly qu'il élevait depuis plus de dix ans.

Quand il arriva dans la cour, les deux chiens le saluèrent en aboyant et en gémissant deux fois plus encore, le setter sautant comme un fou au bout de sa chaîne, et Nelly tremblant, remuant la queue, regardant tantôt son maître et tantôt la porte de la maison où elle ne sentait que trop bien le renard.

La lune était claire, de sorte que Mr. Tebrick pouvait voir les chiens aussi distinctement que possible. Il tua d'abord d'un coup de fusil le setter de sa femme, puis il chercha Nelly et ne la trouva plus. La chienne avait disparu, mais en cherchant comment elle avait rompu sa chaîne, il la découvrit blottie au fond de sa niche. Cette ruse ne la sauva pas, car Mr. Tebrick, après avoir vainement essayé de la sortir de là par sa chaîne, enfonça le canon dans la niche, l'appuya contre le corps de la chienne et la tua. Après quoi, frottant une allumette, il jeta un dernier coup d'œil pour s'assurer qu'elle était bien morte. Alors, laissant les chiens comme ils étaient, au bout de leur chaîne, Mr. Tebrick rentra dans la maison, trouva le jardinier qui n'était pas encore parti, lui donna un mois de gages et son congé, et lui dit qu'il avait un dernier travail pour lui – enterrer les deux chiens cette nuit même.

Cette attitude, à la fois si étrange et si assurée, de leur maître commença à inquiéter les domestiques. En entendant les coups de fusil, la vieille nourrice de sa femme, ou (comme on l'appelait) Nanny, monta en courant à la chambre à coucher, quoiqu'elle n'eût rien à y faire, et en ouvrant la porte vit la pauvre renarde, vêtue de la petite jaquette de Madame et à demi étendue sur les coussins, dans une rêverie si triste qu'elle n'entendit rien.

La vieille Nanny, bien qu'elle fût loin de s'attendre à trouver là sa maîtresse qu'elle croyait partie pour Londres, la reconnut sur-le-champ et s'écria :

« O mon pauvre trésor ! O pauvre Miss Silvia ! Quel terrible changement est ceci ? »

Puis, voyant sa maîtresse tressaillir et la regarder, elle s'écria encore :

« N'ayez pas peur, chérie, tout s'arrangera, votre vieille Nanny vous connaît bien ; tout finira par s'arranger. »

Mais tout en disant ces paroles rassurantes, elle n'osait plus regarder et détournait la tête pour ne pas rencontrer les yeux longs et étroits, les yeux de renard de sa maîtresse, car c'en était trop pour elle. Elle se hâta donc de sortir, craignant d'être trouvée là par Mr. Tebrick et, qui sait, peut-être tuée, comme les chiens, pour avoir découvert le secret.

Mr. Tebrick avait jusque-là fait ce qu'il avait à faire comme un automate, tuant ses chiens, congédiant ses gens, dans une sorte de rêve. Il se réconforta alors avec deux ou trois verres de whisky très sec et, prenant sa renarde dans ses bras, se mit au lit où il dormit profondément. En fit-elle autant ou non? Ni moi, ni personne ne pourrait le dire.

Le matin, quand il se réveilla, la maison était vide, car, suivant ses instructions, les domestiques étaient partis à la première heure : Janet et la cuisinière pour Oxford où elles voulaient essayer de trouver de nouvelles places ; la vieille Nanny pour un cottage près de Tangley, où son fils gardait des cochons.

Ainsi, avec ce matin-là, commença ce qui dorénavant allait être leur vie commune. Mr. Tebrick se levait lorsqu'il faisait grand jour, allumait le feu et faisait le petit déjeuner. Ensuite il brossait sa femme, puis l'épongeait, puis la brossait de nouveau, se servant toujours de beaucoup de parfums pour couvrir un peu sa forte odeur. Quand il l'avait habillée, il la descendait dans ses bras et ils prenaient ensemble leur déjeuner, elle assise à table avec lui, buvant sa soucoupe de thé et recevant sa nourriture des mains de son mari. Elle continuait à aimer les mêmes plats qu'avant sa transformation : un œuf à la coque pas trop cuit ou une tranche de jambon et un ou deux toasts beurrés, avec un peu de confiture de coings et de pommes. Pendant que j'en suis au chapitre de la nourriture, je devrais dire qu'en consultant une encyclopédie, Mr. Tebrick apprit que les renards, sur le continent, sont extrêmement friands de raisin, et que pendant l'automne ils abandonnent pour s'en régaler leur nourriture ordinaire, deviennent alors excessivement gras et perdent leur odeur désagréable.

Ce goût pour les raisins est si bien confirmé par Esope, et par certains passages des Evangiles, qu'il est curieux que Mr. Tebrick l'ait ignoré. Après avoir lu cet article, il écrivit à Londres pour commander qu'un panier de raisin lui fût envoyé une fois par semaine et il eut la joie de constater que l'encyclopédie avait dit vrai sur les points les plus importants. Sa renarde aimait énormément les raisins et semblait ne s'en lasser jamais, de sorte qu'il augmenta la commande et la porta d'une livre à trois, et plus tard à cinq. L'odeur de sa femme diminua tellement par ce moyen qu'il finit par ne plus la remarquer, sauf quelquefois le matin avant sa toilette.

Ce qui contribuait surtout à rendre cette vie très supportable pour lui, c'était que Mrs. Tebrick le comprenait encore parfaitement. Rien ne lui échappait, et quoiqu'elle fût muette, elle s'expliquait couramment par regards et signes.

Il avait donc avec elle de longues conversations, lui disant toutes ses pensées et ne lui cachant rien, et cela d'autant plus volontiers qu'il avait appris très vite le sens de ses réponses.

« Minette, Minette », lui disait-il, car il avait toujours eu l'habitude de l'appeler ainsi, « Douce Minette, il y a des hommes qui me plaindraient de vivre ici seul avec vous après ce qui s'est passé, mais il n'est pas un seul d'entre eux avec qui je voudrais, moi, changer de place pour tout l'or du monde tant que vous serez ici. Bien que vous soyez un renard, j'aime mieux vivre avec vous qu'avec toute autre femme, je le jure, et cela même si vous étiez changée en n'importe quoi. » Mais surprenant alors chez elle une expression grave, il s'écriait : « Croyez-vous que je plaisante, ma chérie ? J'en suis bien loin. Je vous jure, mon amour, de vous être fidèle toute ma vie et de vous traiter avec tout le respect et le dévouement que je dois à ma femme. Et je ne le ferai pas dans l'espoir que Dieu dans Sa miséricorde vous rendra un jour votre forme humaine, mais seulement parce que je vous aime. Si changée que vous puissiez être, mon amour ne l'est pas. »

Qui les aurait vus alors aurait juré qu'ils étaient deux amants, tant ils se regardaient avec passion.

Souvent il lui jurait que le Diable pouvait bien avoir le pouvoir de faire certains miracles, mais que ce serait tâche trop dure pour le Diable lui-même que de changer son amour pour elle.

On ne peut savoir quel aurait été l'effet de ces discours passionnés sur Mrs. Tebrick dans des circonstances ordinaires ; mais ils semblaient maintenant sa plus grande consolation. Elle venait vers lui, mettait sa patte dans sa main, le regardait avec des yeux étincelants de joie et de gratitude, puis haletante d'ardeur, sautait sur lui, et lui léchait le visage.

Il y avait beaucoup de petites choses dont il s'occupait dans la maison : préparer les repas, arranger la chambre, faire le lit, et ainsi de suite. Pendant qu'il faisait le ménage, l'attitude de sa renarde était comique ; souvent elle était comme hors d'elle-même en le voyant accomplir maladroitement des besognes que, jadis, elle eût trouvées si faciles. Alors, oubliant la décence, et la règle qu'elle s'était d'abord imposée de ne jamais aller à quatre pattes, elle le suivait partout et s'il faisait mal une chose, l'arrêtait et lui montrait comment il devait s'y prendre. Quand il avait oublié l'heure du repas, elle venait le tirer par la manche et lui dire, aussi clairement que si elle avait parlé, « Mon ami, n'aurons-nous point de déjeuner aujourd'hui ? »

Cet instinct féminin, si fort chez

elle, ne cessa jamais de faire les délices de Mr. Tebrick, car il lui montrait qu'il avait toujours bien là sa femme, enfermée, il est vrai, dans la carcasse d'une bête, mais gardant son âme de femme. Cela l'encouragea tellement qu'il se demanda s'il ne devrait pas lui faire la lecture à haute voix, comme il l'avait fait si souvent jadis. Enfin, ne voyant aucune bonne raison pour s'en abstenir, il alla prendre sur l'étagère un volume de la vie de Clarisse Harlowe qu'il avait commencé à lui lire quelques semaines auparavant. Il l'ouvrit à l'endroit où il s'était arrêté, et qui était la lettre de Lovelace après qu'il a passé la nuit à attendre vainement dans le bosquet.

« Grand Dieu !

« Que vais-je devenir maintenant ?

« Mes pieds sont engourdis par une promenade nocturne à travers la rosée la plus abondante qui soit jamais tombée ; ma perruque et mon linge sont trempés par le givre !

« Le jour se montre à peine... » etc.

Tout en lisant il sentait qu'il retenait son attention, puis au bout de quelques pages il donna toute la sienne au livre et lut pendant près d'une demi-heure sans regarder sa femme. Quand il jeta de nouveau un regard sur elle, il vit qu'elle ne l'écoutait pas, mais observait quelque chose avec une étrange application. Son visage avait pris une expression si fixe et si intense que Mr. Tebrick en fut alarmé et en chercha la cause. Bientôt il découvrit que ce regard s'attachait aux mouvements d'une colombe, grande favorite de sa femme, qui était dans une cage suspendue près de la fenêtre. Il essaya de parler à sa renarde, mais elle parut mécontente et il mit de côté Clarisse Harlowe. Ce fut la dernière fois qu'il risqua cette expérience.

Pourtant le même soir, tandis qu'il examinait le tiroir de son bureau avec sa Minette à côté de lui qui regardait par-dessus son épaule, elle aperçut un jeu de cartes et le força à les sortir, d'abord du tiroir, puis de leur boîte. Enfin, en essayant une chose, puis une autre, il comprit qu'elle désirait jouer au piquet avec lui. Ils eurent au début quelques difficultés avant de trouver le moyen pour elle de tenir ses cartes et de jouer, mais ils en vinrent à bout en les adossant contre une planchette inclinée; après quoi elle put très bien les faire sauter d'une chiquenaude de ses griffes chaque fois que son tour venait de jouer. Avec cet arrangement ils jouèrent trois parties et elle sembla s'en divertir de tout cœur. Bien plus, elle les gagna toutes les trois. Par la suite ils firent souvent une petite partie de piquet, et aussi d'écarté. Je devrais dire que c'était toujours lui qui marquait les points, car elle ne pouvait manier ni crayon, ni fiches.

Le temps, qui avait été humide et brumeux avec des averses fréquentes, s'améliora beaucoup la semaine suivante, et, comme il arrive souvent en janvier, il y eut plusieurs jours de soleil, sans vent, avec de légères gelées la nuit qui devinrent plus fortes de jour en jour, de sorte que la neige parut proche.

Avec cette période de beau temps, il n'était que trop naturel que Mr. Tebrick songeât à promener sa renarde. C'était un essai qu'il n'avait pas encore fait, d'abord à cause du temps pluvieux, et ensuite parce que la seule idée de l'emmener au-dehors le remplissait d'inquiétude. A un certain moment, il fut même envahi par tant d'appréhensions qu'il avait décidé d'y renoncer. Il était tourmenté, non seulement par la crainte de la voir s'échapper et le quitter, crainte qu'il savait chimérique, mais aussi par des visions bien plus vraisemblables telles que chiens errants, pièges, trappes, fusils à ressort, sans parler du danger d'être aperçu avec elle par les voisins. A la fin cependant il se décida, d'autant plus qu'elle lui demandait sans cesse avec une douce insistance si elle ne pourrait aller un peu dans le jardin. Il est vrai qu'elle l'écoutait toujours avec beaucoup de soumission quand il lui disait que, si on les voyait ensemble, cela exciterait la curiosité des voisins ; souvent aussi il lui expliquait combien il craignait les chiens pour elle. Mais un jour elle répondit à cet argument en le conduisant dans le vestibule et en lui montrant hardiment son fusil. Alors il résolut de sortir avec elle, non sans prendre toutes les précautions possibles. Il laissa la porte d'entrée ouverte pour que, en cas de besoin, elle pût battre en retraite, puis il prit son fusil sous son bras et enveloppa sa renarde dans une petite jaquette de fourrure afin qu'elle ne prît pas froid. Il aurait même voulu la porter, mais elle se dégagea délicatement de ses bras et le regarda avec beaucoup d'expression pour dire qu'elle aimerait à aller seule. Déjà son horreur d'être vue à quatre pattes était dissipée. Elle avait sans doute réfléchi là-dessus et compris qu'elle devait, ou se résigner à marcher ainsi, ou se condamner au lit pour le reste de sa vie.

Sa joie, en entrant dans le jardin fut

inexprimable. Elle courait de ci, de là, restant toujours assez près de son mari, regardant tantôt une chose puis l'autre d'un regard très vif, les oreilles dressées, puis levant la tête pour surprendre le regard de son mari.

Pendant quelques instants elle dansa presque de joie, tourna autour de lui, fit quelques pas en avant, puis revint vers lui en gambadant à ses côtés. Mais malgré toute sa joie elle avait très peur. A chaque bruit, le meuglement d'une vache, le chant d'un coq, le cri lointain d'un laboureur qui chassait les corneilles, elle tressaillait, les oreilles dressées pour saisir le son, le museau plissé, le nez contracté, et elle revenait se serrer contre les jambes de son mari. Ayant fait le tour du jardin ils descendirent vers le bassin où il y avait de forts jolis oiseaux aquatiques, des sarcelles, des siffleurs et des canards mandarins. Elle éprouva un grand plaisir à les revoir. Ils avaient toujours été ses favoris et sa joie, en les retrouvant, fut si grande qu'elle fut loin de se conduire avec sa réserve habituelle. Elle les rcgarda d'abord fixement, puis bondissant aux genoux de son mari, chercha à allumer dans son esprit une ardeur égale à la sienne. Sans ôter ses pattes des genoux de Mr. Tebrick, elle tournait sans cesse la tête vers les canards comme si elle ne pouvait les quitter des yeux un instant; puis elle courut devant lui vers les bords de l'eau.

Mais sa vue jeta les canards dans la plus violente consternation. Ceux qui se trouvaient à terre ou près des bords nagèrent ou volèrent jusqu'au milieu du bassin où ils se blottirent les uns contre les autres; et ils se mirent à nager en rond en poussant de tels cris que Mr. Tebrick en fut presque assourdi. Comme je l'ai dit plus haut, aucun des incidents risibles que suscitait la métamorphose de sa femme (et ces incidents étaient nombreux) ne pouvait même lui arracher un sourire.

Lorsqu'il eut compris que les canards étaient assez stupides pour croire sa femme un véritable renard et pour en avoir peur, il jugea pénible ce spectacle que d'autres auraient trouvé divertissant.

Tel ne fut pas l'avis de sa renarde qui parut encore plus joyeuse quand elle vit l'émotion soulevée par elle, et fit mille charmantes cabrioles. Mr. Tebrick commença par lui crier de revenir et d'aller se promener d'un autre côté, puis, vaincu par sa joie, il s'assit, cependant qu'elle sautait autour de lui, heureuse comme il ne l'avait jamais vue depuis sa métamorphose. Tantôt elle bondissait vers lui d'un air enjoué, toute souriante de joie, tantôt elle revenait vers le bord de l'eau où elle se mettait à cabrioler, à gambader, à courir après sa queue, même à danser sur ses pattes dc derrière et à se rouler par terre, puis elle courait en cercles, tout cela sans accorder la moindre attention aux canards.

Mais eux, leurs cous allongés tous tendus dans la même direction, nageaient de-ci de-là au milieu du bassin et n'arrêtaient pas de pousser en chœur, avec un ensemble parfait, leur coin, coin, coin, désespéré. Enfin elle s'éloigna du bassin, et, comme il trouvait que c'en était assez de ce jeu, il se saisit d'elle et lui dit :

« Venez, Silvia, ma chérie; il commence à faire froid et il est temps de rentrer. Je suis sûr que l'air vous a fait un bien immense, mais il ne faut pas nous attarder davantage. » Elle parut alors être de son avis, jeta pourtant aux canards un dernier regard par-dessus son épaule et tous deux se dirigèrent très dignement vers la maison.

Ils étaient environ à moitié chemin quand elle fit brusquement volte-face et partit. Il se tourna vivement et vit que les canards les avaient suivis.

Elle les chassa devant elle vers le bassin, les canards terrifiés fuyant ailes étendues, mais elle ne les pressa pas trop, car Mr. Tebrick se rendit compte que, si elle l'avait voulu, elle aurait attrapé deux ou trois des derniers. Puis elle revint vers lui en agitant la queue d'un air si joyeux qu'il la caressa avec indulgence, bien qu'il eût été d'abord vexé, et ensuite assez surpris, que sa femme pût trouver plaisir à de tels tours.

Lorsqu'ils furent de nouveau dans la maison, il la prit dans ses bras, l'embrassa et lui parla. « Silvia, lui dit-il, quelle créature légère et enfantine vous faites. Votre courage dans le malheur est une leçon pour moi, mais je ne peux pas, je ne peux pas en supporter le spectacle. »

A ce moment ses yeux se remplirent de larmes, il se jeta sur le canapé et pleura sans faire attention à elle, jusqu'à ce qu'elle vînt le rappeler en lui léchant la joue et l'oreille.

Après le thé, elle le conduisit au salon et gratta la porte jusqu'à ce qu'il l'ouvrît ; il avait fermé cette pièce pour éviter de la nettoyer, estimant que trois ou quatre chambres leur suffiraient maintenant. Quand ils y furent entrés, elle eut l'air de lui demander de jouer du piano pour elle : elle le conduisit vers l'instrument et choisit elle-même les morceaux qu'il devait jouer. D'abord une Fugue de Hændel, puis une des *Chansons sans paroles* de Mendelssohn, puis le *Plongeur* et enfin une opérette de Gilbert et Sullivan ; chaque morceau qu'elle choisissait était plus gai que le précédent. Ils restèrent ainsi doucement absorbés pendant plus d'une heure, à la lumière d'une bougie ; enfin le froid extrême de cette chambre arrêta Mr. Tebrick et les força tous deux à descendre près du feu. C'est ainsi qu'elle réconforta admirablement son mari au moment où il perdait courage.

Pourtant, le lendemain matin, lorsqu'il s'éveilla il eut la tristesse de ne plus la trouver dans le lit avec lui, mais roulée en boule au pied du lit. Pendant le déjeuner, elle l'écouta à peine, et encore avec impatience, mais passa son temps à regarder fixement la colombe.

Mr. Tebrick resta pendant quelque temps silencieux, debout près de la fenêtre, puis il sortit de sa poche son portefeuille où il conservait une photographie de sa femme, prise peu de temps après leur mariage. Tantôt il regardait sans pouvoir s'en rassasier ces traits familiers, tantôt il relevait la tête et regardait l'animal qui était devant lui. Il se mit alors à rire amèrement et ce fut la première et la dernière fois que la transformation de sa femme arracha un rire à Mr. Tebrick, qui n'était pas un homme bien gai. Mais ce rire était aigre et lui faisait mal. Il déchira la photographie en petits morceaux et jeta ceux-ci par la fenêtre en se disant à lui-même : « Les souvenirs ne m'aideront pas ici. » Puis il se tourna vers sa renarde, vit qu'elle fixait toujours l'oiseau en cage et tandis qu'il l'observait, il la surprit qui se léchait les babines.

Il porta l'oiseau dans la pièce à côté et, obéissant à une inspiration soudaine, il ouvrit la porte de la cage et mit la colombe en liberté en lui disant :

« Va, pauvre colombe. Enfuis-toi de cette triste maison pendant que tu te souviens encore de la maîtresse qui te nourrissait elle-même de ses lèvres de corail. Tu n'es plus maintenant jouet qui lui convienne. Adieu, pauvre oiseau. Adieu. » – « A moins que », ajouta-t-il avec un sourire mélancolique, « à moins que tu ne reviennes avec de bonnes nouvelles comme la colombe de Noé ».

Pauvre Mr. Tebrick, ses malheurs ne faisaient que commencer, et même on peut dire qu'il allait au-devant d'eux par cette constance à toujours supposer que sa femme allait se conduire exactement comme avant d'être changée en renard.

Sans faire d'hypothèses, d'ailleurs impossibles à soutenir, sur l'âme de Mrs. Tebrick et sur ce qui en était advenu (encore qu'on puisse trouver d'excellents arguments là-dessus dans le Système de Paracelse), considérons combien le changement de son corps devait nécessairement affecter sa conduite habituelle.

Et, avant de juger trop sévèrement cette malheureuse dame, réfléchissons aux besoins physiques, aux infirmités et aux appétits de sa nouvelle condition, et admirons la fermeté de son esprit qui lui permettait de se conduire encore avec dignité, propreté et décence malgré son nouvel état.

Ainsi on aurait pu s'attendre à ce qu'elle souillât sa chambre : Or personne, homme ou bête, n'aurait pu montrer plus de raffinement sur ce point. Mais au déjeuner Mr. Tebrick lui donna une aile de poulet et quitta la chambre une minute pour chercher l'eau qu'il avait oubliée ; en revenant il trouva sa femme sur la table en train de croquer les os. Il l'observa en silence, consterné et blessé au cœur par ce spectacle. Il ne nous faut pas oublier que ce malheureux mari pensait toujours à sa renarde comme à la femme douce et distinguée qu'elle avait été autrefois. Quand la conduite de la renarde n'était pas celle qu'il aurait attendue de sa femme, il était comme blessé au vif et rien ne pouvait être plus douloureux pour lui que de la voir s'oublier de cette façon. A ce point de vue, il est même à regretter que Mrs. Tebrick ait été si exactement bien élevée, et en particulier que ses manières de table aient été si parfaites. Si elle avait eu l'habitude, comme telle princesse étrangère avec laquelle j'ai dîné, de prendre sa cuisse de poulet par le pilon et de ronger la chair, cela eût infiniment mieux valu pour Mr. Tebrick dans sa situation présente. Il lui était d'autant plus pénible de la voir oublier son éducation que celle-ci avait été irréprochable. Il resta donc immobile, souffrant en silence mille tourments, jusqu'à ce qu'elle eût fini son horrible massacre d'os de poulet et qu'elle eût dévoré le dernier morceau ; alors il lui parla très doucement, en la prenant sur ses genoux et en caressant sa fourrure, tout en lui donnant quelques raisins :

« Silvia, Silvia, est-ce tellement difficile? Tâchez de vous souvenir du passé, ma chérie, et en vivant ensemble nous oublierons tout à fait que vous n'êtes plus une femme. Notre malheur, j'en suis sûr, passera bientôt, aussi soudainement qu'il est arrivé, et tout ceci ne nous paraîtra plus qu'un mauvais rêve. »

Elle parut parfaitement comprendre ces paroles et lui jeta des regards tristes et chargés de repentir, mais le même après-midi, en sortant avec elle, il eut toute la peine du monde à l'empêcher d'aller du côté des canards. Alors lui vint une pensée qui lui fut très désagréable : il n'osait laisser sa femme seule avec un oiseau, de peur qu'elle ne le tuât. Et cette pensée le choquait d'autant plus qu'elle prouvait moins de confiance en sa femme qu'en un chien. Car on peut laisser les chiens sans crainte avec tous les animaux familiers de la maison ; bien plus, on peut leur confier ce qu'on veut et l'on sait qu'ils n'y toucheront pas, fussent-ils affamés. Mais avec sa renarde les choses avaient pris une telle tournure qu'il n'osait plus au fond de son cœur avoir aucune confiance en elle. Pourtant, en bien des choses, elle était encore tellement plus femme que renarde qu'il pouvait l'entretenir de n'importe quel sujet, certain d'être compris d'elle. En quoi elle était bien supérieure à ces femmes orientales, qui, toujours assujetties à leurs maîtres, ne les peuvent jamais comprendre à moins qu'ils ne leur parlent des affaires les plus insignifiantes du ménage.

Ainsi elle comprenait fort bien l'importance et les devoirs de la religion ; chaque soir elle écoutait avec approbation Mr. Tebrick dire le Notre Père et elle observait le Jour Saint avec rigueur. Le lendemain était justement un dimanche, et Mr. Tebrick, sans penser à mal, proposa la partie de piquet habituelle. Rien n'y fit ; elle ne voulut pas jouer. Mr. Tebrick ne compris pas d'abord, quoiqu'il fût d'ordinaire très rapide à saisir ses pensées. Il proposa de nouveau une partie qu'elle refusa encore et cette fois, pour se faire comprendre, elle fit le signe de la croix avec sa patte. Ceci réjouit infiniment Mr. Tebrick et le réconforta grandement dans la détresse où il était. Il lui demanda pardon et remercia Dieu avec ferveur de lui avoir donné une si bonne femme qui, en dépit de tout, connaissait mieux que lui ses devoirs envers Dieu. Je dois ici mettre le lecteur en garde : Qu'il n'aille pas conclure de ce signe que Mrs. Tebrick était papiste. A mon avis elle fit ce signe par nécessité et parce qu'elle ne pouvait s'exprimer autrement. Car elle avait été élevée en vraie Protestante, et on voit justement qu'elle l'était restée par ce refus de jouer un dimanche, scrupule qui lui aurait semblé plus que vain si elle avait été papiste. Le soir cependant, lorsqu'il l'emmena dans le salon pour lui jouer un peu de musique religieuse, il la vit au bout de quelque temps se tapir dans le coin le plus reculé de la chambre, les oreilles basses, avec une expression de grande angoisse dans les yeux. Quand il lui parla, elle lui lécha la main, mais resta longtemps tremblante à ses pieds et montra les signes les plus évidents de terreur aux moindres mouvements qu'il fit vers le piano.

Voyant ceci, il se rappela combien les oreilles du chien supportent mal notre musique, et pensa que ce dégoût devait être plus vif encore chez le renard, les sens d'un animal sauvage étant beaucoup plus aiguisés. Il ferma alors le piano, emporta sa femme dans ses bras, ferma la porte à clef derrière lui et ne la rouvrit plus jamais. Il ne pouvait cependant s'empêcher d'être surpris, car il n'y avait que deux jours qu'elle l'avait elle-même conduit au piano et qu'elle avait choisi ses morceaux favoris pour les lui faire jouer et chanter.

Cette nuit-là, elle ne voulut dormir avec lui ni dans le lit, ni sur le lit et il dut la laisser se rouler en boule sur le plancher. Même ainsi elle ne dormit pas ; elle le réveilla plusieurs fois en trottant autour de la chambre, puis comme il était enfin profondément endormi, elle sauta brusquement sur le lit. Il s'éveilla en sursaut et poussa un cri, mais rien ne lui répondit que le bruit des pattes trottinantes. Il se dit qu'elle devait avoir besoin de quelque chose ; il lui chercha de la nourriture et de l'eau, mais elle n'y jeta même pas un coup d'œil et continua à tourner, grattant de temps à autre à la porte.

Il eut beau lui parler, l'appeler par son nom, elle ne voulut prêter aucune attention à lui sinon pour de courts instants. A la fin il y renonça et lui dit simplement : « Vous avez une crise en ce moment, Silvia ; vous ne voulez être que renarde, mais je vais vous garder de près et, demain matin, quand vous vous ressaisirez, vous me remercierez de ma sévérité. »

Il s'étendit à nouveau sur son lit, non pour dormir, mais pour écouter sa femme qui courait dans la chambre et essayait d'en sortir. Il passa ainsi une nuit qui fut peut-être la plus malheureuse de son existence.

Quand le matin vint, il la trouva encore agitée ; elle montra de la répugnance à se laisser laver et brosser ; quand il la parfuma, elle parut en souffrir et ne le supporter que par égard pour lui. Jusqu'alors elle avait toujours pris à sa toilette le plus grand plaisir qu'on pût imaginer, et cette circonstance, venant après une nuit sans sommeil, acheva de plonger Mr. Tebrick dans l'abattement le plus complet. Ce fut alors qu'il résolut de mettre à exécution un projet qui lui montrerait, pensait-il, s'il avait encore dans sa maison une femme ou seulement une renarde. Il était cependant un peu réconforté par les efforts évidents qu'elle faisait pour se contraindre à supporter ses soins ; mais elle recevait ceux-ci avec une impatience si visible qu'il dut finir par l'appeler « méchant renard sauvage ». Il lui parla alors en ces termes : « N'avez-vous pas honte, Silvia, de faire ainsi la folle, la méchante fille et le garçon manqué ? Vous qui attachiez tant d'importance à votre mise. Je vois bien aujourd'hui que c'était vanité pure, car maintenant que vous n'avez plus votre beauté de jadis, vous oubliez jusqu'à la décence. »

Ce discours fit quelque impression sur elle, et aussi sur lui-même, de sorte que, au moment où la toilette se termina, ils se trouvèrent tous deux dans l'état le plus triste et tous deux bien près de pleurer.

Elle mangea son petit déjeuner assez sagement, après quoi il alla préparer son expérience qui était la suivante. Il cueillit dans le jardin un bouquet de perce-neige (les seules fleurs qu'il put trouver), puis alla au village de Stokoe acheter un lapin hollandais (c'est-à-dire noir et blanc), à un homme qui en élevait.

En revenant, il plaça à côté des fleurs le panier où se trouvait le lapin, couvercle ouvert. Puis il appela : « Silvia, je vous ai apporté des fleurs. Regardez : les premiers perce-neige. »

A ces mots, elle accourut très gracieusement et, ne donnant même pas un regard au lapin qui avait sauté hors de son panier, elle se mit à remercier son mari pour les fleurs. Et vraiment elle semblait infatigable dans l'expression de sa gratitude; elle sentait les fleurs, s'éloignait un peu pour les regarder, puis le remerciait encore. Mr. Tebrick (et ceci faisait partie de son plan) prit alors un vase et alla chercher de l'eau pour les fleurs, mais en laissant celles-ci près de sa femme. Il resta hors de la chambre cinq minutes qu'il mesura très exactement en consultant sa montre et pendant lesquelles, bien qu'il écoutât attentivement, il n'entendit pas le lapin crier. Mais quand il rentra, quelle horrible boucherie s'offrit à ses yeux. Du sang sur le tapis, du sang sur les fauteuils et sur les coussins, les murs même éclaboussés d'un peu de sang, et, ce qui était pire, Mrs. Tebrick qui déchirait en grondant des lambeaux de peau et des pattes, car elle avait dévoré tout le reste. Le pauvre Mr. Tebrick fut si désespéré en voyant cela qu'il fut sur le point d'attenter à sa propre vie ; il pensa chercher son fusil pour se tuer et sa renarde avec lui. La violence de sa douleur fut telle qu'elle lui rendit en quelque sorte service, car il fut si complètement anéanti par elle que pendant un certain temps il ne put rien faire que pleurer. Il se laissa tomber sur une chaise, la tête dans les mains, et dans cette position continua à pleurer et à gémir.

Au bout de quelques instants passés dans cette triste situation, la renarde, qui avait eu le temps de faire descendre la peau du lapin, la tête, les oreilles et le reste, vint à lui, et mettant ses pattes sur les genoux de Mr. Tebrick, allongea son long museau et commença à le lécher. Mais lui, la regardant alors avec des yeux différents, voyant sa mâchoire toute arrosée de sang frais, et ses ongles pleins de poils de lapin, ne voulut pas accepter ses caresses.

Il la repoussa trois ou quatre fois, allant même jusqu'à lui donner des tapes, des coups de pied, mais chaque fois elle revint à lui, rampant sur le ventre et implorant son pardon avec de grands yeux pleins de douleur. Avant de faire cette téméraire expérience du lapin et des fleurs, il s'était promis que, si elle n'y satisfaisait pas, il renoncerait à avoir pour elle plus de sentiments ou de compassion que si elle avait été en vérité une renarde sauvage sortant des bois. Cette résolution, dont les motifs lui avaient semblé auparavant si forts, lui parut plus difficile à exécuter qu'à prendre.

Après avoir maudit et battu la coupable pendant plus d'une demi-heure, il dut s'avouer qu'il tenait encore à elle, et même qu'il l'aimait tendrement malgré tout, quelque attitude contraire qu'il pût affecter à son égard. S'étant avoué ceci, il la regarda, rencontra ses yeux fixés sur lui et lui tendit les bras en disant :

« O Silvia ! Silvia ! Comme je voudrais que vous n'eussiez jamais fait ceci ! Plût à Dieu que je ne vous eusse jamais tentée à ce moment fatal ! Cette boucherie, ce repas de viande crue et de poils de lapin ne vous dégoûtent donc pas ? Êtes-vous un monstre par l'âme aussi bien que par le corps ? Avez-vous oublié ce que c'est qu'*être une femme* ? »

A chaque mot qu'il disait, elle

s'approchait un peu en rampant sur le ventre; enfin elle grimpa piteusement dans ses bras. Les paroles de Mr. Tebrick semblèrent alors l'avoir touchée; ses yeux se remplirent de larmes : elle pleura avec beaucoup de repentance et son corps fut secoué de sanglots comme si son cœur était prêt à se briser.

Le spectacle de ce chagrin fit naître en Mr. Tebrick le plus étrange mélange de douleur et de joie qu'il eût jamais éprouvé, car son amour pour elle revenant au pas de course, d'une part il ne pouvait supporter de la voir si malheureuse, et pourtant il devait s'en réjouir, puisque cette douleur permettait l'espoir de la voir un jour redevenir femme. Ainsi plus sa renarde semblait au supplice à force de honte, plus l'espoir de Mr. Tebrick renaissait, de sorte que, son amour et sa pitié pour elle grandissant également, il en arrivait presque à souhaiter qu'elle ne fût rien de plus qu'un simple renard et ne souffrît plus ainsi d'être encore à demi humaine.

A la fin, un peu étourdi par tant de larmes, il regarda autour de lui, déposa sa renarde sur le sofa, et commença, le cœur lourd, à nettoyer la chambre. Il chercha un seau d'eau, lava toutes les taches de sang, enleva les housses des fauteuils et en chercha de propres dans la pièce voisine. Pendant qu'il se livrait à ce travail, sa renarde resta immobile et le regarda avec beaucoup de contrition, le museau allongé entre les pattes de devant. Quand il eut fini, il apporta, bien qu'il fût déjà tard, un déjeuner sommaire pour lui-même, mais ne prépara rien pour elle, qui venait de se gorger de cet infâme banquet. Cependant il lui donna de l'eau et une grappe de raisin. Après le repas, elle le conduisit vers un petit meuble en écaille de tortue, le lui fit ouvrir, et lui montra le stéréoscope portatif qui se trouvait à l'intérieur. Mr. Tebrick se rendit aussitôt à son désir et, après quelques essais, mit l'appareil à sa vue. Ils passèrent ainsi ensemble très agréablement le reste de l'après-midi à regarder une collection de vues d'Italie, d'Espagne et d'Écosse qu'il avait achetées jadis. Cette diversion parut procurer un vif plaisir à Mrs. Tebrick et contribua singulièrement à réconforter son mari. Ce soir-là il ne put la convaincre de dormir au lit avec lui et se résigna à la laisser coucher sur une natte près du lit. En allongeant le bras il pouvait la toucher et c'est ainsi qu'ils passèrent la nuit, la main de Mr. Tebrick reposant sur la tête de sa renarde.

Le lendemain matin, il dut soutenir une lutte plus violente que jamais pour la laver et l'habiller. Un moment même ce ne fut qu'en la tenant ferme par la peau du cou qu'il put l'empêcher de s'échapper, mais il finit par réussir et elle fut lavée, brossée, parfumée et habillée. Il fut d'ailleurs plus satisfait qu'elle de ce succès et elle regarda sa jaquette de soie d'un air de désapprobation.

Au déjeuner elle se tint bien, se montrant à peine un peu trop impatiente. Puis les difficultés recommencèrent, car elle voulait à tout prix sortir, et, comme il avait le ménage à faire, il ne pouvait le permettre. Il lui apporta des livres d'images pour la divertir ; elle les refusa et resta devant la porte qu'elle gratta consciencieusement avec ses ongles tant et si bien qu'elle usa la peinture.

Il essaya d'abord de l'amadouer et de la câliner ; il lui donna des cartes pour faire des réussites, essaya d'autres choses encore, mais voyant que rien ne la pourrait distraire de son désir de sortir, il commença à s'irriter et lui dit sèchement « qu'elle attendrait qu'il fût prêt et qu'il avait autant d'entêtement qu'elle ». Elle n'écouta même pas et n'en gratta que plus fort.

Il la laissa faire ainsi jusqu'au déjeuner, pendant lequel elle refusa de s'asseoir et de manger dans une assiette. Elle voulut sauter sur la table, et, quand elle s'en vit empêchée, elle enleva sa viande et la mangea *sous* la table. A toutes réprimandes, elle fit la sourde oreille et ils finirent ainsi leur repas, mangeant peu l'un et l'autre, car il ne voulait rien lui donner tant qu'elle serait sous la table, et lui-même perdait l'appétit par toutes ces contrariétés. Dans l'après-midi, il l'emmena au jardin pour lui faire prendre l'air.

Elle ne feignit point cette fois de trouver du charme au premier perce-neige ou de goûter la vue de la terrasse. Non – une seule chose comptait pour elle maintenant – les canards, et elle s'était précipitée vers eux avant qu'il eût pu l'arrêter. Heureusement, ils étaient tous à l'eau quand elle arriva (car un ruisseau traversait l'étang le long de sa rive la plus éloignée, et ce côté-là n'était pas gelé).

Quand Mr. Tebrick arriva près du bassin, elle courut sur la glace, qui ne pouvait porter le poids de son mari ; il eut beau l'appeler, la prier de revenir, elle n'écouta rien et resta là à gambader, s'approchant des canards autant qu'elle osait, mais ne s'aventurant qu'avec prudence là où la glace était mince.

Bientôt elle se mit à déchirer ses vêtements, se débarrassa à coups de dents de sa petite jaquette, prit celle-ci dans sa gueule, et la fourra en boule dans un trou de la glace où son mari ne pouvait l'atteindre. Alors elle se mit à courir de tous côtés, nue comme une vraie renarde, sans même donner un regard à son pauvre mari qui se tenait silencieusement sur le bord, l'esprit troublé par la terreur et le désespoir. Elle le laissa là pendant la plus grande partie de l'après-midi jusqu'à ce qu'il fût transi et mort de fatigue. A la fin, il se prit à méditer sur la façon dont elle venait de se dépouiller et sur la lutte qu'elle avait soutenue le matin pour ne pas être habillée, et il pensa que peut-être il était trop sévère pour elle et que, s'il la laissait faire à sa tête, ils pourraient arriver à une sorte de bonheur ensemble, même si elle mangeait sur le parquet.

« Silvia ! lui cria-t-il, venez maintenant ; soyez gentille ; vous ne porterez plus de vêtements si cela vous ennuie, et vous n'aurez plus à vous asseoir à table, je vous le promets. En cela vous ferez comme vous voudrez. Je ne vous demande de céder que sur un point : c'est de ne pas sortir seule, car c'est trop dangereux. Si un chien vous rencontrait, il vous tuerait. »

Aussitôt qu'il eut prononcé ces paroles, elle vint à lui joyeusement, commença à le flatter et à faire la belle autour de lui, si bien que, malgré son mécontentement et le froid, il ne put s'empêcher de la caresser : « O Silvia, dit-il, comme vous êtes perverse et rusée. Je vois même que vous en êtes fière. Mais je ne vous ferai aucun reproche. Je remplirai ma part du contrat et vous serez obligée de remplir la vôtre. »

En revenant à la maison, il fit un grand feu et prit un verre ou deux d'alcool pour se réchauffer, car il était gelé jusqu'aux os. Après le dîner, pour se réconforter, il prit un verre, puis un autre encore, et ainsi de suite, si bien qu'il finit par avoir l'impression d'être très gai. Il voulut alors jouer avec sa renarde qui l'y encourageait par la grâce charmante avec laquelle elle entrait dans l'esprit du jeu. Il se leva pour l'attraper et, se trouvant un peu chancelant sur ses jambes, il se mit à quatre pattes. Bref il noya tout son chagrin dans le vin et voulut alors être une bête, lui aussi, comme sa femme, qui après tout n'avait pas mérité ce malheur, et n'y pouvait rien. Je n'offenserai pas mes lecteurs en leur racontant jusqu'où Mr. Tebrick alla dans son ivresse ; je dirai seulement qu'il était tellement ivre et abruti que le lendemain matin à son réveil il ne se souvint plus que très imparfaitement de ce qui s'était passé. C'est une règle sans exceptions que, si un homme boit beaucoup un soir, il montre le lendemain matin la face opposée de son caractère. Ce fut le cas de Mr. Tebrick, car autant il avait été bestial et jovial cette nuit-là, autant à son réveil il se montra honteux, mélancolique et vrai pénitent devant son Créateur. La première chose qu'il fit en revenant à lui fut d'implorer Dieu à haute voix de lui pardonner son péché ; puis il s'abîma dans une prière ardente et demeura à genoux pendant une demi-heure. Alors il se leva, s'habilla, mais resta fort triste toute la matinée. Vous pouvez imaginer si, dans cette humeur, il souffrit de voir sa femme courir toute nue, mais il réfléchit que ce serait bien mal inaugurer une période de réformes que de commencer par manquer à sa parole. Il avait conclu un accord ; il s'y tiendrait jusqu'au bout. Il la laissa donc faire, bien tristement et contre son gré.

Pour la même raison, c'est-à-dire pour remplir sa part du contrat, il ne l'obligea pas à se mettre à table et lui donna son déjeuner sur un plat, dans un coin. Il faut être juste envers elle et reconnaître qu'elle mangea tout avec beaucoup de délicatesse et de décence. Elle n'essaya pas non plus de sortir ce matin-là, mais demeura pelotonnée dans un fauteuil devant le feu, et sommeilla. Après le déjeuner ils sortirent ensemble, et elle ne proposa même pas d'aller du côté des canards, mais, courant devant lui, l'entraîna comme pour faire une plus longue promenade. A quoi il consentit pour la grande joie et les délices de sa femme. Il la mena à travers champs par les chemins les moins fréquentés, car il avait très peur qu'on ne les vît. Mais ils eurent la chance de faire quatre milles dans la campagne sans rencontrer âme qui vive. Pendant tout le trajet, sa femme courut en avant, revenant sans cesse près de lui pour lui lécher la main, et parut ravie de prendre de l'exercice. Ils firent bien détaler deux ou trois lapins et un lièvre, mais elle n'essaya pas de les poursuivre, leur jetant seulement un coup d'œil et regardant ensuite malicieusement son mari, comme si elle s'était moquée de ses cris de : « Minette ! Ici ! Pas de bêtises ! »

Comme ils arrivaient à la maison et étaient sur le point d'y entrer, ils se trouvèrent face à face avec une vieille femme. Mr. Tebrick, consterné, s'arrêta court et chercha des yeux sa renarde mais elle avait bondi, sans aucune sauvagerie, au-devant de l'intruse. Alors il reconnut celle-ci; c'était la vieille nourrice de sa femme.

« Que faites-vous ici, Mrs. Cork? » lui demanda-t-il.

Mrs. Cork lui répondit en ces termes : « Pauvre créature! Pauvre Miss Silvia! C'est une honte de la laisser courir comme un chien! C'est une honte! Et votre propre femme par-dessus le marché! Il est vrai qu'elle paraît un peu bizarre, mais vous devriez avoir confiance en elle, tout comme autrefois. Alors elle fera de son mieux pour être pour vous une bonne femme. Autrement ça ne m'étonnerait pas qu'elle devienne une vraie renarde. Je l'avais aperçue, Monsieur, avant de quitter la maison et je n'ai pas été tranquille depuis. Je ne pouvais pas dormir, tant je pensais à elle. Alors je suis revenue pour m'occuper d'elle, comme je l'ai fait toute ma vie, Monsieur. » Elle se baissa et prit Mrs. Tebrick par la patte.

Mr. Tebrick ouvrit la porte et ils entrèrent. Dès que Mrs. Cork vit l'intérieur, elle poussa mille exclamations : « La maison était devenue une étable à cochons. Ils ne pouvaient vivre ainsi. Un gentleman devait avoir quelqu'un pour le servir. Elle était prête à le faire et saurait bien garder le secret. »

Si la bonne femme était venue la veille, il est probable que Mr. Tebrick l'aurait envoyée promener. Mais la voix de la conscience avait été éveillée en lui par son ivresse de la nuit précédente et il était tout honteux de la façon dont il avait jusqu'alors conduit cette affaire. En outre, ces paroles de la vieille dame : « C'est une honte de la laisser courir comme un chien », l'avaient beaucoup ému et, dans cet état d'esprit, il l'accueillit avec joie. Mais il est probable que Mrs. Tebrick était aussi triste de voir revenir sa vieille Nanny que son mari en était heureux. Si nous considérons qu'elle avait été élevée sévèrement par cette femme, qu'elle se voyait maintenant une fois de plus en son pouvoir, que d'ailleurs elle savait bien que sa nourrice ne serait jamais contente d'elle quoi qu'elle fît, mais lui reprocherait toujours le fait même d'être une renarde, il faut avouer qu'elle avait de bonnes raisons pour paraître mécontente. Et il est possible aussi que sa colère ait eu une autre cause, je veux dire la jalousie. Nous savons que son mari essayait toujours de la ramener à être une femme ou tout au moins à agir comme une femme ; n'est-il pas vraisemblable qu'elle, de son côté, espérait l'amener à devenir lui-même une bête ou à agir comme une bête ? Ne peut-elle pas avoir pensé qu'il serait plus facile de le métamorphoser ainsi que de se transformer elle-même à nouveau ? Si nous nous souvenons qu'elle avait obtenu la veille au soir (pendant l'ivresse de son mari) un succès de ce genre, ne pouvons-nous pas conclure que tel était, en effet, le cas et ne saisissons-nous pas une autre bonne raison qu'avait la pauvre dame pour regretter le retour de sa vieille nourrice ?

Il est certain que si Mr. Tebrick avait espéré que Mrs. Cork aurait une bonne influence sur sa femme, il fut très désappointé. Celle-ci devint de plus en plus sauvage, et, au bout de quelques jours, si insupportable avec sa nourrice que Mr. Tebrick dut de nouveau se charger d'elle complètement.

Le premier matin, Mrs. Cork arrangea pour Mrs. Tebrick une jaquette de soie bleue, en coupant les manches et en la bordant de duvet de cygne; dès qu'elle eut fini, elle en revêtit sa maîtresse et chercha un miroir pour lui montrer comme ce vêtement allait bien. La vieille femme parlait à Mrs. Tebrick comme à un bébé et la traitait comme telle, sans penser que, de deux choses l'une, ou sa maîtresse était une dame à qui une domestique devait le respect et qui avait une intelligence très supérieure à celle d'une nourrice, ou bien c'était une créature sauvage que les paroles ne pouvaient émouvoir. Mrs. Tebrick parut d'abord se soumettre passivement; mais dès que la Nanny eut tourné le dos, elle mit en pièces son ouvrage; après quoi elle se mit à courir gaiement en agitant sa queue et en faisant danser les rubans qui pendaient encore à son cou.

Ceci se répéta mainte et mainte fois (car la vieille femme était habituée à n'agir qu'à sa tête) et je crois bien que Mrs. Cork aurait essayé de la manière forte si elle n'avait eu peur des dents blanches que Mrs. Tebrick lui montrait souvent, riant d'ailleurs toujours l'instant d'après comme pour dire que ce n'était qu'un jeu.

Non contente d'enlever les vêtements qu'on lui mettait, Silvia se glissa un jour jusqu'à son armoire, en arracha toutes ses anciennes robes et mit la chambre au pillage, les déchirant de ses griffes et de ses dents, sans même épargner sa robe de mariage, tant et si bien qu'il ne resta pas un morceau, ni un chiffon assez grand pour habiller une poupée. Après cet incident, Mr. Tebrick, qui avait laissé la vieille s'occuper de tout, pour voir ce qu'elle pourrait faire, reprit sa femme sous sa direction.

Maintenant que Mrs. Cork avait déçu les espoirs que son arrivée avait fait naître, il regrettait de l'avoir sur les bras. Il est vrai qu'elle pouvait lui être assez utile en faisant le ménage, la cuisine, et le raccommodage, mais il était inquiet de la savoir en possession du secret, surtout depuis qu'elle avait essayé de mater Mrs. Tebrick et qu'elle avait échoué. Si elle avait pu ramener Mrs. Tebrick à un mode de vie plus convenable, la vanité lui eût fermé la bouche et le succès aurait redoublé l'amour qu'elle avait pour sa maîtresse. Mais comme elle avait échoué, elle en voulait certainement à

Silvia de ne pas s'être laissé gagner; en mettant les choses au mieux, l'affaire ne lui tenait plus à cœur et elle était devenue fort capable de bavarder. Pour le moment, tout ce que Mr. Tebrick pouvait faire, c'était de l'empêcher d'aller au village de Stokoe où elle aurait rencontré ses commères et où certainement beaucoup de gens l'auraient interrogée sur ce qui se passait à Rylands. Mais, voyant qu'il était au-dessus de ses forces de surveiller à la fois la vieille nourrice et sa propre femme, et de les empêcher toutes deux de rencontrer personne, il commença à se demander ce qu'il pourrait bien faire. Depuis qu'il avait renvoyé les domestiques et le jardinier en leur racontant cette histoire de mauvaises nouvelles reçues, du départ de sa femme pour Londres, du voyage probable à l'étranger et autres fariboles, il savait très bien que l'on devait beaucoup bavarder sur lui dans le pays.

Et comme il était resté, contrairement à ce qu'il avait annoncé, cela encore avait dû donner naissance à de nouveaux commérages. En fait, s'il avait su toute la vérité, l'histoire qui courait le pays était que sa femme s'était enfuie avec le Major Solmes, que Mr. Tebrick était devenu fou de douleur, qu'il avait tué ses chiens et ses chevaux, s'était enfermé dans sa maison et ne voulait plus parler avec personne. Cette histoire avait été inventée de toutes pièces par ses voisins, gens qui n'avaient pourtant ni beaucoup d'imagination, ni même l'intention de mentir, mais il en était de ces racontars comme de tous les autres : ils remplissaient une lacune. Peu d'hommes aiment à confesser leur ignorance ; si on leur parle de tel ou tel, il faut qu'ils trouvent quelque chose à dire sous peine de baisser dans l'estime du monde, d'être classés « ennuyeux » ou « gens qui ne sont pas dans le mouvement ». C'est ainsi qu'il n'y a pas longtemps je rencontrai un homme qui, après avoir parlé quelques instants avec moi sans savoir qui j'étais, me raconta que David Garnett était mort, et qu'il venait de succomber aux morsures d'un chat qu'il avait tourmenté. Il y avait d'ailleurs longtemps que cet incorrigible tapeur était devenu insupportable à ses amis, et c'était un bon débarras.

Au moment où je l'entendis, cette histoire sur moi-même m'amusa, mais je crois sérieusement qu'elle m'a été utile. Car elle m'a mis en garde, comme peut-être rien d'autre ne l'aurait fait, contre la faiblesse d'accepter pour vrais les vagues rumeurs et les caquets de village. Je suis devenu, par seconde nature, un vrai sceptique et je ne crois à peu près rien si les preuves ne sont concluantes. En particulier, je suis certain que je n'aurais jamais pu tirer au clair l'histoire que j'écris en ce moment si j'avais cru la dixième partie de ce qui m'était conté ; car beaucoup de récits recueillis étaient, ou manifestement faux et absurdes, ou contraires aux faits établis. Vous ne trouverez donc ici que le squelette tout nu de l'histoire. J'en ai même rejeté des ornements, qui, j'en suis persuadé, auraient amusé nombre de lecteurs ; mais, à mon avis, si l'authenticité d'un récit fait le moindre doute, la lecture n'en est plus alors qu'un médiocre divertissement.

Pour en revenir à notre histoire : Mr. Tebrick, s'étant rendu compte que son séjour prolongé dans le pays ne pourrait qu'exciter davantage encore chez ses voisins le désir de percer à jour ce mystère, décida enfin qu'un départ était le parti le plus sage.

Après avoir tourné et retourné la chose dans sa tête, il en vint à penser qu'aucun endroit ne conviendrait mieux à ses projets que le cottage de la vieille Nanny. Il était situé à trente milles de Stokoe, ce qui, à la campagne, est aussi loin que pour nous Tombouctou l'est de Londres. De plus, il était voisin de Tangley et sa femme, ayant connu l'endroit depuis son enfance, se sentirait là comme chez elle. L'endroit était très isolé; il n'y avait pas de village aux environs et la seule maison importante était Tangley Hall, maintenant inhabité pendant la plus grande partie de l'année. Ce déplacement d'ailleurs ne l'obligerait pas à confier le secret à d'autres, car il n'y avait là que le fils de Mrs. Cork, un veuf qui, travaillant tout le jour au-dehors, serait facile à tromper, d'autant plus qu'il était sourd comme un pot et d'esprit lourd et renfrogné. Il est vrai qu'il y avait aussi la jeune Polly, petite-fille de Mrs. Cork. Mais Mr. Tebrick oublia son existence ou la considéra comme un bébé qui ne pouvait être dangereux.

Il discuta la chose avec Mrs. Cork et ils prirent la décision sur-le-champ. La vérité est que la vieille femme commençait à regretter de s'être laissé entraîner à Rylands par l'affection et la curiosité, aventure qui, jusqu'alors, lui avait valu beaucoup de travail et peu de succès.

Quand tout fut arrangé, Mr. Tebrick, dans l'après-midi, termina les quelques affaires qu'il avait encore à

Rylands et dont la principale fut de confier le cheval de sa femme à un fermier voisin; il comptait atteler son propre cheval et le cheval de rechange en tandem à son cabriolet.

Le lendemain matin ils fermèrent la maison et se mirent en route, après avoir installé Mrs. Tebrick dans un grand panier d'osier où elle fut à peu près à son aise. Précaution nécessaire, car dans l'agitation de la course elle aurait pu sauter hors de la voiture, et si un chien l'avait alors éventée, sa vie aurait été en danger. Mr. Tebrick, pour conduire, prit le panier à côté de lui sur le siège de devant et pendant le trajet adressa souvent la parole à sa femme avec beaucoup de douceur.

La joie du voyage l'avait mise toute hors d'elle-même; elle n'arrêtait pas de passer son nez tantôt à travers un trou du panier, tantôt à travers un autre, faisant mille tours et essayant de voir ce qui se passait sur la route. C'était un jour de froid très piquant et, après avoir fait quinze milles environ, ils s'arrêtèrent au bord de la route pour faire reposer les chevaux et pour déjeuner, car Mr. Tebrick n'osait pas entrer dans une auberge. Il savait qu'une créature vivante enfermée dans un panier, fût-ce une vieille poule, attire toujours l'attention ; il y aurait là très probablement des badauds qui remarqueraient qu'il avait un renard avec lui, et si même il laissait le panier dans la voiture les chiens de l'auberge pourraient flairer l'odeur. Aussi, pour éviter tous risques, il se rangea simplement au bord de la route et se reposa là, bien qu'il gelât dur et que sifflât le vent du Nord-Est.

Il descendit son précieux panier, dételа les deux chevaux, leur mit des couvertures et leur donna de l'avoine. Puis il ouvrit le panier et mit sa femme en liberté. Elle était folle de joie, courant de tous côtés, bondissant sur son mari, regardant autour d'elle et allant même jusqu'à se rouler par terre. Mr. Tebrick crut comprendre qu'elle était heureuse de ce voyage et se réjouit avec elle. Quant à Mrs. Cork, elle resta immobile, bien enveloppée, sur la banquette arrière de la voiture et mangea des sandwiches sans dire un mot. Après une demi-heure d'arrêt, Mr. Tebrick attela de nouveau les chevaux ; il avait tellement froid qu'il eut du mal à boucler les courroies. Puis il remit sa renarde dans le panier, mais, voyant qu'elle désirait regarder autour d'elle, il la laissa déchirer l'osier avec ses dents jusqu'à ce qu'elle eût fait un trou assez grand pour y passer la tête.

Ils se mirent de nouveau en route et bientôt après la neige commença à tomber, si fort que Mr. Tebrick craignit un moment de ne pouvoir terminer le trajet. Mais juste après la tombée de la nuit ils se trouvèrent rendus. Il laissa à Simon, le fils de Mrs. Cork, le soin de dételer les chevaux et de leur donner à manger. Sa renarde était fatiguée ; il l'était aussi et ils dormirent ensemble, lui dans le lit et elle dessous, avec grand contentement.

Le lendemain il examina l'endroit et y trouva ce qu'il désirait le plus : un petit jardin entouré de murs où sa femme pourrait courir en liberté sans cesser d'être en sécurité.

Après le breakfast, comme elle mourait d'envie de sortir dans la neige, il la prit avec lui ; jamais Mr. Tebrick, de toute sa vie, n'avait vu créature aussi folle que sa femme se montra là. Elle courait de-ci, de-là, comme si elle avait perdu l'esprit, mordait la neige, s'y roulait, courait en cercle, et soudain se précipitait sur lui avec furie comme si elle avait voulu le mordre. Il se mêla à ses jeux et lui jeta des boules de neige, ce qui la mit dans un tel état qu'il eut grand-peine à la calmer et à la ramener à la maison pour le déjeuner. Dans ses ébats elle avait rempli le jardin de traces de pattes, de sorte que Mr. Tebrick pouvait reconnaître l'endroit où elle s'était roulée dans la neige, et l'endroit où elle avait dansé. Or, comme il regardait ainsi les légères empreintes des pattes de sa femme, tout en rentrant avec elle dans la maison, son cœur se serra sans qu'il sût pourquoi.

Le premier jour qu'ils passèrent dans le cottage de la vieille Nanny fut assez heureux et ne fut pas témoin de leurs querelles habituelles, ceci grâce surtout à la neige, plaisir nouveau qui les divertissait tous deux. Dans l'après-midi, Mr. Tebrick montra sa femme à la petite Polly qui la regarda avec beaucoup de curiosité, mais recula timidement et parut effrayée par la renarde. Mr. Tebrick prit un livre et les laissa faire connaissance toutes seules. Bientôt, levant les yeux, il vit qu'elles s'étaient rapprochées et que Polly caressait sa femme, la flattait et promenait ses doigts dans la fourrure. Puis elle se mit à parler à la renarde, lui apporta sa poupée pour la lui montrer et bientôt elles furent d'excellentes camarades de jeu. Ce spectacle donna à Mr. Tebrick un plaisir très délicat, surtout lorsqu'il remarqua l'attitude maternelle de sa renarde. Son intelligence était très supérieure à celle de l'enfant et elle se surveillait pour ne pas faire de gestes trop vifs. Elle semblait obéir au bon plaisir de Polly, mais s'arrangeait toujours pour donner au jeu, quel qu'il fût, un tour qui ne manquait jamais de ravir la petite fille. Bref, en peu de temps, Polly fut si entichée de sa nouvelle amie qu'elle prit l'habitude de pleurer lorsqu'on les séparait et de vouloir toujours être avec elle. Cette attitude de Mrs. Tebrick rendit Mrs. Cork plus aimable qu'elle ne l'avait été depuis longtemps envers le mari et la femme.

Trois jours après leur arrivée au cottage le temps changea et un matin, en se réveillant, ils virent que la neige avait disparu, que le vent venait du sud et que le soleil brillait, de sorte qu'on eût dit le commencement du printemps.

Mr. Tebrick mena sa renarde dans

le jardin après le déjeuner, resta avec elle quelque temps, puis rentra pour écrire des lettres.

Quand il ressortit, il ne la trouva plus et, tout déconcerté, se mit à courir dans le jardin en l'appelant. A la fin il aperçut dans un coin près du mur un petit tas de terre ; il y alla vivement et vit qu'il y avait là un trou fraîchement creusé qui paraissait passer sous le mur. Il courut hors du jardin pour examiner l'autre côté du mur, mais ne trouvant nulle trace de trou, comprit qu'elle n'avait pas eu le temps de traverser. La suite prouva qu'il en était bien ainsi, car en introduisant son bras dans le trou, il frôla de sa main la queue de la renarde et entendit distinctement le bruit des griffes qui creusaient la terre. Il l'appela et dit : « Silvia, Silvia, pourquoi faites-vous ceci ? Essayez-vous de me fuir? Je suis votre mari, et si je vous tiens enfermée, c'est pour vous protéger, pour écarter de vous les dangers. Montrez-moi comment je peux vous rendre heureuse et je le ferai, mais n'essayez pas de vous séparer de moi. Je vous aime, Silvia; c'est pour cela que vous voulez me fuir et vous échapper dans un monde où votre vie sera toujours menacée. Il y a des chiens partout et ils vous tueraient si je n'étais là. Sortez d'ici, Silvia, sortez! »

Mais Silvia ne voulut rien entendre et il attendit en silence. Puis il lui parla de façon différente, lui demandant comment elle avait pu oublier sa promesse de ne pas sortir seule et comment elle pouvait si follement manquer à sa parole maintenant qu'elle avait tout un jardin à sa disposition? « N'étaient-ils pas mariés? Ne s'était-il pas toujours montré un bon mari? » Mais elle ne fit aucune attention à ses discours; enfin il laissa la colère le gagner, maudit son entêtement, et lui dit que si elle persistait à se conduire comme un damné renard, il saurait bien en venir à bout. « Elle n'était pas encore partie. Il avait le temps de la déterrer de force, et, si elle se débattait, il la mettrait simplement dans un sac. »

Ce discours la fit sortir tout de suite et elle regarda son mari avec autant d'étonnement ingénu que si elle avait ignoré la cause de sa colère. Elle sauta même sur lui pour le caresser, avec un air de bonne humeur, comme une épouse résignée qui supporte avec complaisance la mauvaise humeur de son mari. Cette petite comédie rendit le pauvre homme très repentant de son accès de colère, et tout honteux, tant il était naïf.

Pourtant, quand elle fut sortie du trou, il remplit celui-ci de grandes pierres qu'il enfonça bien, pour rendre le travail plus difficile si elle était tentée de recommencer.

Dans l'après-midi, il lui permit de sortir, mais il envoya la petite Polly avec elle pour lui tenir compagnie. Quand, un peu plus tard, il jeta un coup d'œil dans le jardin, il vit que sa renarde avait grimpé dans les branches d'un vieux poirier et qu'elle regardait par-dessus le mur. Elle en était si peu éloignée qu'en avançant un peu plus sur la branche, elle aurait pu sauter de l'autre côté.

Mr. Tebrick courut dans le jardin aussi vite qu'il le put ; sa femme le vit, parut effrayée, fit un bond maladroit vers le mur, le manqua et retomba lourdement sur le sol où elle demeura sans connaissance. En arrivant à elle,

Mr. Tebrick vit que sa tête s'était repliée sous elle dans sa chute et que son cou semblait brisé. L'émotion du pauvre mari fut si grande que, pendant quelques instants, il ne put lui porter secours et ne sut que s'agenouiller près de ce corps inanimé qu'il retournait stupidement dans ses mains. Enfin il comprit qu'elle était bien morte, et considérant l'affreux malheur que la Providence lui avait envoyé, il blasphéma horriblement et demanda à Dieu de le foudroyer sur-le-champ, ou de lui rendre sa femme.

« N'était-ce pas assez, s'écria-t-il dans un honteux accès d'impiété, n'était-ce pas assez de me ravir ma chère femme en faisant d'elle un renard et faut-il encore que Vous me ravissiez ce renard qui a été ma seule consolation, mon seul réconfort dans l'affliction ? » Alors il éclata en sanglots, se tordit les mains, et demeura pendant une demi-heure dans un état de chagrin si violent qu'il ne se souciait plus de rien, ni de ce qu'il faisait, ni de l'avenir, mais pensait seulement que sa vie était brisée et qu'il y mettrait fin dès qu'il le pourrait.

Pendant tout ce temps la petite Polly était restée près de lui, le regardant d'abord avec étonnement, puis demandant ce qui était arrivé, et enfin pleurant de frayeur ; mais il ne faisait aucune attention à elle, ne la regardait même pas, mais continuait à s'arracher les cheveux, à crier vers Dieu, et à montrer le poing au ciel. Si bien que, dans un moment de terreur, Polly ouvrit la porte et s'enfuit du jardin.

A la fin, épuisé, et comme tout engourdi par son malheur, Mr. Tebrick se leva et rentra dans la maison, laissant son cher renard gisant près de l'endroit où il était tombé.

Il ne resta dans la maison que deux minutes et ressortit, un rasoir à la main, car il avait l'intention de se cou per la gorge, tant ce premier paroxysme de désespoir lui avait fait perdre le sens.

Mais sa renarde avait disparu. Il regarda un instant autour de lui, stupéfait, puis soudain furieux, et pensa que quelqu'un avait dû voler le corps. La porte du jardin était ouverte ; il y courut tout droit.

Or cette porte, qui avait été laissée entrebâillée par Polly quand elle s'était enfuie, donnait sur une petite cour où, pendant la nuit, on enfermait la volaille ; le hangar à bois et les lieux d'aisance s'y trouvaient aussi. Du côté opposé au jardin étaient deux grandes portes de bois, assez larges pour laisser passer une voiture et assez hautes pour empêcher un homme de regarder dans la cour.

Quand Mr. Tebrick pénétra dans cette cour, il trouva sa renarde qui sautait contre ces portes, folle de terreur, mais plus vivante que jamais. Il courut à elle, mais elle se déroba et lui aurait échappé s'il ne s'était saisi d'elle. Elle lui montra les dents, mais il n'y fit aucune attention, l'enleva d'un seul coup dans ses bras et l'emporta dans la maison. Cependant il pouvait à peine en croire ses yeux et la palpait sur tout le corps très soigneusement pour s'assurer que ses os n'étaient pas brisés. Mais tous étaient en fort bon état. Pourtant quelques heures se passèrent avant que ce pauvre et naïf gentleman commençât à soupçonner la vérité, c'est-à-dire que sa renarde lui avait joué un tour et que, tandis qu'il pleurait sa perte en des termes si déchirants, elle avait simplement fait la morte pour se sauver plus facilement. Si les portes de la cour n'avaient été fermées, et ceci par pur hasard, cette ruse lui eût procuré sa liberté.

« Quoi ! cette mort simulée n'avait été qu'une ruse ? » Et plus il y pensait, plus cela lui paraissait évident. N'était-ce pas là un des tours les plus vieux et les plus traditionnels du renard ? Il est dans Ésope, et cent autres écrivains ont confirmé ce témoignage. Mais elle l'avait si parfaitement trompé que d'abord il fut aussi ravi de trouver sa femme vivante qu'il avait été attristé quelques instants auparavant en la croyant morte.

Il la prit dans ses bras, la serra contre lui et remercia Dieu cent fois de la lui avoir conservée. Mais ces baisers et ces caresses firent peu d'effet sur elle ; elle ne lui répondit ni par de doux regards, ni par des caresses de sa langue, mais resta farouche, repliée sur elle-même, le poil hérissé sur la nuque et les oreilles couchées chaque fois qu'il la touchait. Il crut d'abord qu'il lui faisait mal en effleurant un os cassé ou quelque endroit sensible après sa chute, mais enfin il comprit la vérité.

Il recommença donc à souffrir et, bien que la tristesse de la savoir perfide ne fût rien à côté du chagrin de la perdre, c'était pourtant un tourment plus subtil et plus durable. D'abord presque imperceptible, cette douleur grandit lentement jusqu'à devenir une torture. S'il avait été un de ces maris comme on en voit tant, qui par expérience ont appris à ne pas poser trop de questions sur les faits et gestes de leurs femmes et à ne jamais leur demander : « Qu'avez-vous fait aujourd'hui? » de peur de n'en être que plus ridicules, si Mr. Tebrick, dis-je, avait été un de ces maris-là, il aurait été plus heureux et sa douleur plus supportable.

Mais il faut penser que, pendant toute leur vie conjugale, sa femme ne lui avait jamais caché la vérité. Elle ne s'était pas permis un seul mensonge, même blanc ; elle avait toujours été sincère et ingénue comme si son mari et elle n'avaient pas été mari et femme, ni même de sexes différents. Toutefois, et malgré ces circonstances, la naïveté de Mr. Tebrick nous apparaît comme excessive. Il vivait en somme avec un renard, bête qui, en tous pays, en tous temps et parmi tous les peuples, a eu la même réputation de fausseté, de malice et de ruse, et il montrait vraiment quelque puérilité en attendant de cette bête la même franchise, les mêmes scrupules envers lui que de la rustique jeune fille qu'il avait épousée jadis.

La bouderie et la mauvaise humeur de sa femme durèrent tout le jour ; elle se tapit loin de lui, se cacha sous le sofa et il ne put l'en faire sortir. Même à l'heure du dîner, elle resta là, refusant tout net de se laisser tenter par le repas, et se tenant si tranquille qu'il ne l'entendit pas pendant des heures entières. Le soir, il la porta dans la chambre à coucher, mais elle continua à bouder et refusa de manger ; elle but pourtant un peu d'eau pendant la nuit, quand elle le crut endormi.

Le lendemain matin fut semblable. Mr. Tebrick avait maintenant passé par tous les tourments de l'amour-propre blessé, de la désillusion et du désespoir. Et bien que l'émotion gonflât son cœur jusqu'à l'étouffer, il n'en laissa rien voir à sa femme et ne diminua pas d'un iota la tendresse et la courtoisie qu'il lui montrait. Au breakfast il essaya de la tenter en lui offrant un jeune poulet fraîchement tué. Il souffrait beaucoup d'avoir à lui faire cette avance, car il lui avait jusqu'alors imposé la viande cuite, mais la tristesse de la voir refuser son offre fut encore plus pénible pour lui. A sa douleur, d'ailleurs, venait maintenant s'ajouter la crainte qu'elle ne voulût se laisser mourir de faim plutôt que de continuer à vivre avec lui.

Toute la matinée il la tint enfermée, mais dans l'après-midi, il la lâcha dans le jardin après avoir ébranché le poirier pour rendre impossible les exercices d'escalade de la veille. Voyant son air dégoûté dès qu'il était près d'elle, et qu'elle se refusait à courir et à jouer, mais restait figée, la queue entre les jambes, les oreilles couchées, le poil hérissé, voyant ceci, dis-je, il la laissa seule, par pure bonté.

Quand il revint, une demi-heure plus tard, elle avait disparu de nouveau, mais il y avait près du mur un trou assez grand où elle était enterrée tout entière sauf la queue, et elle creusait désespérément.

Il courut au trou, y plongea son bras et lui cria de sortir ; elle n'obéit pas. Il la tira alors par le flanc, puis, comme sa main glissait, par les pattes de derrière. Dès qu'il l'eût sortie de là, elle se retourna brusquement, attrapa sa main et le mordit près de la jointure du pouce. Elle lâcha prise presque immédiatement.

Ils restèrent ainsi face à face pendant une minute, lui à genoux, elle devant lui, l'image même de la méchanceté et de la fureur sans repentir. Étant à genoux, Mr. Tebrick se trouvait presque à la hauteur de sa femme dont le museau touchait son visage. Les oreilles aplaties, les gencives découvertes, montrant ses dents si belles dans un silence hargneux, elle semblait le menacer de le mordre une seconde fois. Son dos était légèrement arqué, son poil hérissé et sa queue tombante. Mais c'étaient ses yeux surtout qui retenaient ceux de Mr. Tebrick, ses yeux dont les prunelles fendues le regardaient avec rage, avec un acharnement sauvage.

De sa main le sang coulait très fort, mais il ne faisait attention ni à la blessure, ni à la douleur; toutes ses pensées étaient pour sa femme.

« Eh! bien, Silvia? dit-il très doucement. Eh! bien? Pourquoi êtes-vous tout à coup si féroce? Si vous me trouvez toujours ainsi entre vous et la liberté, c'est parce que je vous aime. Est-ce un tel supplice que de vivre avec moi? » Pas un muscle de Silvia ne bougea.

« Vous n'auriez pas fait cela, pauvre bête, si vous n'étiez pas malheureuse. Vous désirez votre liberté? Je ne peux vous garder malgré vous; je ne peux exiger votre fidélité à des serments prononcés au temps où vous étiez une femme. A quoi bon? Vous avez même oublié qui je suis. » Les larmes commencèrent alors à couler le long de ses joues, il sanglota, puis lui dit :

« Allez, je ne vous retiendrai pas. Pauvre bête, pauvre bête, je vous aime, je vous aime. Partez, si vous le désirez. Mais si vous vous souvenez de moi, revenez. Je ne vous retiendrai jamais contre votre gré. Allez, allez. Mais d'abord embrassez-moi. »

Il se pencha vers elle et posa ses lèvres sur les crocs menaçants, mais bien qu'elle continuât à gronder, elle ne le mordit pas. Puis il se leva rapidement et alla à la porte du jardin; elle donnait sur un petit pré, à la lisière d'un bois. Dès qu'il l'ouvrit, la renarde passa comme une flèche, traversa le pré comme une bouffée de fumée et en un instant disparut. Alors se trouvant soudain seul, Mr. Tebrick sembla revenir à lui. Il courut après elle, l'appela par son nom, se jeta dans le bois tout en criant, et courut pendant près d'un mille, sans direction, presque comme un aveugle.

A la fin, lorsqu'il fut à bout de forces, voyant qu'elle était partie sans espoir de retour et qu'il faisait déjà nuit, il s'assit par terre. Un peu plus tard il se releva et marcha lentement vers la maison, le corps brisé, l'âme meurtrie. Tout en marchant il enveloppa sa main qui saignait encore. Ses vêtements étaient déchirés, son chapeau perdu, son visage égratigné par des broussailles. Ayant retrouvé son sang-froid il se prit à réfléchir sur ce qu'il avait fait et à regretter amèrement d'avoir mis sa femme en liberté. Il avait commis une trahison envers elle, et par son acte la condamnait à vivre pour toujours la vie d'un renard sauvage, à supporter les rigueurs du temps, à rester exposée à tous les dangers qui menacent une bête traquée.

Quand Mr. Tebrick revint au cottage, il trouva Mrs. Cork qui l'avait attendu. Il était déjà tard.

« Qu'avez-vous fait de Mrs. Tebrick, Monsieur? Je ne la voyais pas; je ne vous voyais pas; je ne savais que faire. Je pensais qu'il était arrivé quelque chose de terrible. Je vous ai attendu la moitié de la nuit. Et où est-elle maintenant, Monsieur? »

La vieille attaquait si vigoureusement que Mr. Tebrick resta un moment silencieux. A la fin, il dit : « Je l'ai laissée partir. Elle s'est enfuie. »

« Pauvre Miss Silvia! s'écria la vieille femme. Pauvre créature! Vous devriez avoir honte, Monsieur! La laisser partir! Pauvre dame! Est-ce vraiment ainsi que devrait parler son mari? C'est une honte! Mais j'ai vu venir cela depuis le début. »

Elle était blanche de fureur, elle ne savait plus ce qu'elle disait, mais Mr. Tebrick ne l'écoutait pas. Enfin il la regarda et vit qu'elle s'était mise à pleurer. Il sortit alors de la chambre, se jeta sur son lit comme il était, tout habillé, complètement épuisé, et il tomba dans un sommeil de brute. De temps à autre il se redressait dans un sursaut d'épouvante, puis la fatigue le faisait retomber. Il était tard lorsqu'il se réveilla. Le temps était froid et humide et Mr. Tebrick sentait tous ses membres brisés. De son lit il entendit de nouveau le bruit qui l'avait réveillé – le trot de plusieurs chevaux et les voix des cavaliers près de la maison. Mr. Tebrick se leva d'un bond, courut à la fenêtre et regarda. La première chose qu'il vit fut un gentleman en habit rouge dont le cheval passait au pas dans le chemin. A cette vue Mr. Tebrick n'attendit pas plus longtemps, mais enfilant ses bottes avec une folle hâte, il sortit brusquement. Son intention était de dire aux chasseurs de s'arrêter, de leur expliquer que sa femme s'était échappée et qu'ils risquaient de la tuer. Mais quand il se trouva devant eux les mots lui manquèrent, la colère s'empara de lui et il ne put que crier : « Comment osez-vous, damné gredin? »

Une canne à la main, il se précipita

sur le gentleman en habit rouge, saisit les rênes de son cheval, et, le prenant par la jambe, essaya de le renverser. Il est impossible d'expliquer en toute certitude les motifs de cette conduite, car le chasseur, se trouvant attaqué de façon si inattendue par un être étrange, échevelé, et les vêtements en désordre, saisit son fouet et assena à Mr. Tebrick un tel coup sur la tempe qu'il tomba sans connaissance.

Un autre chasseur survint à ce moment, et ils eurent l'honnêteté de mettre pied à terre et de transporter Mr. Tebrick dans le cottage où il fut reçu par la vieille Nanny qui se tordait les mains. Elle leur dit que la femme de Mr. Tebrick s'était enfuie et qu'elle était renarde, ce qui expliquait la sortie de Mr. Tebrick pour les attaquer.

Les deux chasseurs ne purent s'empêcher de rire et, remontant à cheval, ils s'éloignèrent sans plus attendre, en se disant que Mr. Tebrick était certainement fou et que la vieille femme semblait aussi folle que son maître.

Cependant l'histoire courut parmi les gentilshommes du pays et les confirma dans leur première opinion, à savoir que Mr. Tebrick était fou et que sa femme l'avait quitté. Toute la partie du récit qui concernait cette femme-renard fit rire les quelques personnes qui l'entendirent, mais bientôt elle fut supprimée, comme détail inutile et d'ailleurs incroyable. Plus tard cependant on s'en souvint et on en comprit tout le sens.

Quand Mr. Tebrick revint à lui, il était plus de midi et sa tête lui faisait si mal qu'il ne pouvait se rappeler que de manière confuse ce qui s'était passé.

Il envoya aussitôt le fils de Mrs. Cork, sur un de ses chevaux, s'informer du résultat de la chasse. En même temps il donna à la vieille Nanny l'ordre de mettre devant la maison de l'eau et de la nourriture pour sa maîtresse, au cas où celle-ci serait dans le voisinage.

Simon rentra vers la tombée de la nuit et lui apprit que la chasse avait couru longtemps, mais avait perdu le premier renard; puis en battant un fourré on avait fait débucher un vieux mâle qui avait été tué aussitôt; ainsi s'était terminée la journée.

Ceci redonna quelque espoir au pauvre Mr. Tebrick qui se releva, alla dans le bois et commença à appeler sa femme. Mais bientôt, vaincu par la faiblesse, il s'étendit sur le sol et passa la nuit en plein air, faute de pouvoir se relever.

Le lendemain matin il retourna au cottage, mais il avait pris froid et dut rester au lit durant les trois ou quatre jours qui suivirent.

Pendant tout ce temps il fit chaque soir préparer pour sa femme un repas que les rats vinrent manger, mais aucune trace de renard ne fut relevée.

A la fin, son anxiété lui dicta une autre hypothèse ; sa renarde était peut-être retournée vers leur maison de Stokoe. Il fit atteler les chevaux au cabriolet et conduisit lui-même jusqu'à Rylands, bien qu'il eût la fièvre et un rhume violent.

A partir de ce moment il vécut dans la solitude, évita de rencontrer ses semblables et ne vit plus qu'un nommé Askew, qui avait appris le métier de jockey à Wantage, mais était devenu trop grand pour pouvoir exercer sa profession. Trois jours par semaine Mr. Tebrick faisait monter ce fainéant sur un de ses chevaux, le chargeait de suivre la chasse à courre et de lui faire un rapport chaque fois qu'un renard était tué. Il lui recommandait surtout de voir l'animal et le lui faisait décrire minutieusement pour savoir si c'était sa Silvia. Mais il n'osait y aller lui-même par crainte de se laisser emporter par la passion et de se rendre coupable d'un meurtre.

Chaque fois que l'on chassait dans le voisinage, il ouvrait toutes grandes les grilles de Rylands et les portes de la maison. Il prenait son fusil et restait là, en sentinelle, dans l'espoir que sa femme viendrait de ce côté si elle était pressée par les chiens, et qu'il pourrait la sauver. Une fois seulement la chasse passa tout près ; ce jour-là, deux chiens, qui avaient perdu la meute, s'aventurèrent sur les terres de Mr.

Tebrick ; il les tua, et les enterra lui-même.

La fin de la saison de chasse n'était pas loin maintenant, car on était au milieu de mars.

A vivre comme il faisait, Mr. Tebrick était devenu, de plus en plus, un vrai misanthrope. Il ne recevait personne, se montrait rarement lui-même à une créature humaine, et ne sortait guère que le matin, avant l'heure où les gens sont dehors, dans l'espoir de rencontrer sa renarde bien-aimée. Cet espoir de la revoir un jour était le seul sentiment qui le rattachait à la vie. Il était devenu si négligent de son propre confort qu'il mangeait rarement un vrai repas : une croûte de pain et une bouchée de fromage lui suffisaient pour un jour entier. Quelquefois il buvait une demi-bouteille de whisky pour noyer son chagrin et s'endormir, car le sommeil le fuyait; dès qu'il avait fermé l'œil, il se réveillait en sursaut, croyant avoir entendu un bruit. Il laissait pousser sa barbe et, lui qui auparavant était très soigneux de sa personne, il était devenu tout à fait négligé, oubliait quelquefois de se laver pendant une semaine ou deux de suite, et s'il voyait de la crasse sous ses ongles, l'y laissait.

Ce désordre assouvissait en lui une sorte de malin plaisir. Il en était venu à haïr ses semblables; toutes les convenances et conventions humaines lui inspiraient un amer mépris. Cela est étrange à dire, mais pas une fois pendant tous ces mois il ne regretta sa chère femme qu'il avait tant aimée. Non, la seule qu'il pleurait maintenant, c'était sa renarde échappée. Il était hanté, non par le souvenir d'une femme douce et raffinée, mais par l'image d'un animal, d'une bête qui, il est vrai, pouvait quand elle le voulait s'asseoir à table et jouer au piquet, mais qui malgré tout n'était qu'une bête sauvage. Son seul espoir était de retrouver cette bête ; c'était d'elle qu'il rêvait sans cesse. Qu'il fût éveillé ou endormi, des images d'elle le poursuivaient : son masque, sa queue bien fournie, à touffe blanche, sa gorge blanche, le poil épais de ses oreilles, telles étaient les visions qui le hantaient.

Toutes ses manières renardesques lui étaient devenues si précieuses que, j'en suis persuadé, s'il avait su de façon certaine qu'elle était morte et avait pensé à se remarier, il n'aurait jamais été heureux avec une femme. Non, certes, il aurait été bien plutôt tenté d'acheter une renarde apprivoisée et aurait considéré cette union comme le meilleur mariage qu'il pût faire.

Tout ceci venait, on peut le dire, d'une passion, d'une fidélité conjugale, dont il serait difficile de trouver l'égale en ce monde. Nous pouvons juger Mr. Tebrick absurde, et presque fou, mais quand nous y regardons de plus près nous trouvons un grand sujet de respect dans son extraordinaire dévouement.

Qu'il était différent de ces maris qui, leurs femmes devenues folles, les enferment dans un asile et s'abandonnent au concubinage. Il se trouve beaucoup de gens, hélas, pour excuser une telle conduite, mais Mr. Tebrick était d'un caractère bien différent; bien que sa femme ne fût plus qu'une bête, il continuait à n'aimer qu'elle au monde.

Cet amour dévorant le rongeait

comme une phtisie; les nuits sans sommeil, le manque de soins l'avaient réduit en quelques mois à n'être plus que l'ombre de lui-même. Son visage hagard, ses yeux creux mais excessivement brillants, son corps terriblement amaigri faisaient qu'en le regardant on s'émerveillait qu'il fût encore en vie.

Maintenant que la saison de chasse était passée, il était un peu moins inquiet sur le sort de sa femme, mais ne pouvait être tout à fait certain que les chiens ne l'eussent pas attrapée. Entre le moment où il l'avait mise en liberté et la fin de la saison (tout de suite après Pâques) trois femelles avaient été tuées dans le pays. Une était à demi aveugle; la seconde d'une couleur gris très sombre; la troisième répondait mieux à la description de sa femme sauf que les pattes n'étaient pas très noires, tandis que chez elle les pattes étaient si noires que l'on ne pouvait manquer de s'en apercevoir. Mais Mr. Tebrick, dans son anxiété, pensait qu'elle avait pu s'embourber en courant et que les pattes couvertes de boue avaient pu paraître moins noires.

La première semaine de mai, un matin, vers quatre heures, tandis qu'il attendait dans le petit bois, il s'assit un instant sur une souche d'arbre, et, relevant la tête, il vit un renard qui venait vers lui à travers le champ labouré. Ce renard portait sur l'épaule un lièvre qui le cachait presque entièrement. Quand il fut à vingt yards de Mr. Tebrick, celui-ci se leva et cria : « Silvia, Silvia, est-ce vous? »

Le renard laissa tomber le lièvre et regarda notre gentleman qui, dès le premier coup d'œil, vit que ce n'était pas sa femme. Mrs. Tebrick avait été d'un beau rouge vif, et ceci était une bête beaucoup plus terne et plus brune; de plus elle était plus forte, plus grande et avait à sa queue une plus grande touffe blanche. Mais, comme bien vous pensez, l'animal, après le premier instant de surprise, ne resta pas là à poser pour son portrait, mais reprit son lièvre et fila comme une flèche.

Alors Mr. Tebrick se lamenta en lui-même : « Me voici vraiment tout à fait fou. Ma douleur m'a fait perdre le peu de raison que j'ai pu avoir. Voilà maintenant que je prends pour ma femme le premier renard qui passe. Mes voisins me traitent de fou et je vois bien qu'ils ont raison. Regarde-moi, Ô Dieu! Quelle créature vile je suis devenu. Je hais mes semblables. Je suis maigre et dévoré par cette passion qui me brûle. J'ai perdu la raison et je me nourris de songes. Rappelle-moi à mon devoir, ramène-moi à la décence, ne permets pas que je devienne une bête moi aussi, rétablis-moi et pardonne-moi, Ô Seigneur ! »

Alors il commença à pleurer à chaudes larmes, puis il s'agenouilla et pria, ce qu'il n'avait pas fait depuis plusieurs semaines.

Quand il se releva il rentra à la maison, se sentant étourdi et très faible, mais le cœur plein de contrition. Il se lava des pieds à la tête, changea ses vêtements, et, comme sa faiblesse augmentait, resta étendu tout le jour en lisant le livre de Job, par quoi il fut très réconforté.

Pendant plusieurs jours il vécut raisonnablement ; il restait très faible, mais il lisait la Bible, priait ardemment, et sa volonté se trouva ainsi tellement raffermie, qu'il décida, s'il le pouvait, de vaincre sa folle passion et de consacrer le reste de sa vie à la religion. Son désir de pénitence devint si vif qu'il forma le projet d'aller répandre l'Évangile chez les païens pour la Société Biblique, et de terminer ainsi son existence terrestre.

Il commença même sur ce sujet une lettre pour l'oncle de sa femme, le chanoine, et il était en train de l'écrire lorsque l'aboiement d'un renard le fit tressaillir.

Il avait adopté avec tant d'ardeur cette nouvelle ligne de conduite qu'il ne se précipita pas au-dehors, comme il l'aurait fait auparavant, mais resta sur place et termina sa lettre.

Alors il se dit que sans doute c'était là un vulgaire renard sauvage envoyé par le Diable pour le tenter, et que s'il l'écoutait, il serait bientôt sur le chemin de la folie. Cependant il lui fallait bien reconnaître qu'il était possible aussi que ce fût elle, et que son devoir était en ce cas d'accueillir la femme prodigue. Ainsi déchiré par des pensées contraires dont aucune ne pouvait s'imposer à lui, il passa toute la nuit tourmenté de doutes et de craintes.

Le lendemain matin il se réveilla en sursaut et au même moment entendit encore l'aboiement d'un renard. Il s'habilla rapidement et courut aussi vite qu'il put à la porte du jardin. Le soleil était bas, la rosée abondante et, pendant une minute tout resta silencieux. Mr. Tebrick regardait de tous côtés avec avidité ; il ne pouvait voir de renard, mais déjà la joie était dans son cœur.

Alors, tandis qu'il surveillait la route à droite et à gauche, il vit sa renarde qui sortait d'un bosquet, environ trente mètres plus loin. « Ma femme adorée! lui cria-t-il. Ô Silvia, vous êtes revenue! » Et au son de sa voix, il la vit agiter la queue, ce qui apaisa ses derniers doutes. Malgré ses appels elle rentra dans le bosquet, mais tout en marchant ne cessa de regarder son mari par-dessus l'épaule. Voyant cela il courut après elle, mais doucement, de peur de l'effrayer. Puis il la chercha des yeux, et, l'apercevant à une certaine distance de lui, parmi les arbres, il l'appela de nouveau. Chaque fois qu'il approchait, elle s'éloignait d'autant, mais continuait à tourner la tête vers lui.

Il la suivit ainsi à travers le taillis sur la pente de la colline, et soudain elle disparut derrière des fougères.

Quand il arriva là, il ne la vit plus nulle part, mais en regardant autour de lui découvrit une tanière, si bien cachée, qu'il aurait pu passer à côté mille fois sans la voir.

Il se mit à quatre pattes, ne vit toujours pas sa renarde, et pendant un moment se demanda ce qui était arrivé.

Bientôt il entendit un bruit comme d'une chose bougeant dans la terre, attendit silencieusement, puis vit un objet qui se hissait devant lui. C'était une petite bête, noire comme de la suie, qui ressemblait à un petit chien. Derrière elle en venait une autre, puis une autre, enfin elles furent cinq. En arrière-garde venait sa renarde poussant sa portée devant elle, et tandis qu'il la regardait sans mot dire, en proie à des émotions tristes et confuses, il vit que les yeux de sa femme brillaient d'orgueil et de bonheur.

Elle souleva un de ses petits dans sa mâchoire, le lui apporta, le déposa devant lui, puis le regarda d'un air très excité.

Mr. Tebrick prit le renardeau dans ses mains, le caressa, et le pressa contre sa joue. C'était un petit être au museau charbonneux, aux pattes noires, au regard vide et fixe, aux yeux d'un bleu électrique très vif, avec une petite queue en forme de carotte. Quand Mr. Tebrick le déposa sur le sol, il fit un pas vers sa mère, puis s'assit très drôlement.

Mr. Tebrick regarda sa renarde, lui parla et lui dit qu'elle était une bonne créature. Déjà il était résigné, et pour la première fois comprenait complètement ce qui était arrivé à sa femme et combien ils étaient maintenant loin l'un de l'autre. Mais regardant tantôt l'un des petits, tantôt l'autre, et les faisant jouer sur ses genoux, il cessa de penser à lui-même et se contenta de contempler cette charmante scène et d'y prendre plaisir. De temps à autre il caressait sa renarde et l'embrassait, libertés qu'elles lui permettait généreusement. Plus que jamais il s'émerveillait de sa beauté ; sa tendresse envers ses petits et l'extrême plaisir qu'elle semblait prendre à les voir la rendait pour lui plus charmante encore. Ainsi couché au milieu d'eux, à l'entrée de la tanière, il paressa toute la matinée.

Il jouait avec l'un, puis avec l'autre, les culbutait et les chatouillait, car ils étaient trop jeunes pour se prêter à des jeux plus actifs. Parfois il caressait sa renarde, parfois il la regardait ; le temps passait vite et il fut tout surpris lorsqu'elle rassembla ses petits et les poussa devant elle dans la tanière, se retournant vers lui une ou deux fois de manière très humaine comme pour dire : « Au revoir, j'espère bien que vous reviendrez, maintenant que vous savez le chemin. »

Elle exprimait si admirablement ce qu'elle avait à dire, que si même elle avait pu parler, cela eût été superflu. Mr. Tebrick, qui était habitué à son langage, se leva aussitôt et rentra chez lui.

Quand il se trouva seul, tous les sentiments qu'il avait écartés en présence de sa femme, et qu'il avait pour ainsi dire mis de côté jusqu'à la fin de ces innocents plaisirs, revinrent en essaim bourdonnant l'assaillir de cent tourments divers.

« Sa femme ne lui était-elle pas infidèle? Ne s'était-elle pas prostituée à une bête? Pouvait-il l'aimer encore après cela? » Cependant ces questions ne l'agitaient pas autant qu'on aurait pu s'y attendre. Il était maintenant convaincu qu'on ne pouvait plus la juger équitablement comme femme, mais seulement comme renard. Or, comme renard, elle n'avait fait rien de plus que les autres renards. Bien plus, en ayant des petits et en les soignant avec amour, elle avait fait son devoir.

Cette conclusion de Mr. Tebrick était-elle raisonnable ou non? Ce n'est pas ici le lieu de nous en occuper. A ceux de mes lecteurs qui le condamneraient pour avoir traité avec trop d'indulgence le côté religieux de cette affaire, je voudrais seulement dire que nous n'avons pas vu la chose et que peut-être si tout ceci s'était passé devant nos yeux, nous aurions raisonné comme lui.

Mille autres soucis d'ailleurs agitaient Mr. Tebrick. « Ne suis-je pas jaloux? » se demandait-il. Interrogeant son cœur il reconnut qu'il était bien jaloux, oui, et furieux aussi, à la pensée qu'il partageait maintenant sa renarde avec des mâles sauvages. Il se demanda alors s'il n'était pas déshonorant d'accepter cette situation, s'il ne vaudrait pas mieux oublier complètement sa femme et suivre son premier plan, qui était de se retirer du monde et de ne plus la voir.

Il se tourmenta ainsi pendant le reste du jour et vers le soir en arriva à décider de ne jamais la revoir.

Mais au milieu de la nuit il se réveilla dans un état de parfaite lucidité et se dit : « Ne suis-je pas fou ? Je me tourmente sottement avec les idées les plus absurdes. L'honneur d'un homme peut-il être souillé par une bête ? Je suis un homme, je suis infiniment supérieur aux animaux. Ma dignité me permet-elle d'être jaloux d'une bête ? Mille fois non. Si je *désirais* une renarde, alors, oui, je serais criminel. Mais je puis être heureux en voyant ma renarde puisque je l'aime, et de son côté elle fait bien d'être heureuse en suivant les lois de son être. »

Enfin il se dit une chose qui était, il le sentait bien, le dernier mot de cette affaire.

« Quand je suis avec elle, je suis heureux. En ce moment je déforme les faits les plus simples et je me rends fou par de faux raisonnements. »

Avant de s'endormir il fit une prière; il avait d'abord pensé à implorer des directions; en fait il demanda seulement à Dieu de lui permettre de revoir le lendemain sa renarde, de la protéger de tous dangers, elle, et ses petits aussi, de le laisser souvent les voir afin qu'il pût arriver à les aimer pour l'amour d'elle comme s'il avait été leur père, et de lui pardonner si c'était un péché, car il péchait par ignorance.

Les jours suivants il revit sa renarde

et les renardeaux, mais ces visites furent plus courtes ; elles lui donnèrent un plaisir si pur que bientôt ces notions d'honneur, de devoir, et autres grands sentiments furent tout à fait oubliées et que sa jalousie parut s'endormir.

Un jour il essaya d'emporter le stéréoscope et un paquet de cartes.

Sa Silvia fut assez aimable pour lui permettre d'ajuster le stéréoscope sur son museau, mais elle ne voulut pas regarder dans l'appareil, et ne fit que tourner la tête pour lécher la main de son mari. Il comprit clairement qu'elle avait tout à fait oublié l'usage de cet instrument. Il en fut de même pour les cartes. Elle parut ravie de les voir, mais seulement pour les mordre et pour les faire sauter en l'air avec ses pattes, sans se demander un instant si c'était des carreaux ou des trèfles, des cœurs ou des piques, ou si une carte était ou non un as. Il était évident qu'elle avait oublié aussi l'usage des cartes.

A partir de ce jour il n'apporta plus que des choses qu'elle pouvait apprécier : du sucre, des raisins et de la viande de boucherie.

Petit à petit, comme l'été s'avançait, les renardeaux apprirent à le connaître et lui de son côté devint capable de les distinguer facilement et résolut alors de les baptiser. Il apporta un petit bol d'eau, les aspergea comme pour la cérémonie de baptême, leur dit qu'il était leur parrain et donna à chacun d'eux un nom, les appelant Sorel, Kasper, Selwyn, Esther et Angelica.

Sorel était une petite bête maladroite, et gaie comme un jeune chien ; Kasper était le plus grand des cinq et un peu féroce ; en jouant il mordait toujours et donna à son parrain plus d'un bon coup de dents. Esther était de couleur foncée, une vraie brune et très robuste ; Angelica était d'un rouge vif et c'était elle qui ressemblait le plus à sa mère ; Selwyn enfin était le plus petit, il était curieux, fureteur et rusé, mais délicat et malingre.

Mr. Tebrick avait maintenant toute une famille pour l'occuper ; il en vint bien vite à l'aimer avec l'amour et la partialité d'un père.

Sa favorite était Angelica (dont les charmantes minauderies rappelaient tant sa mère) ; elle avait une douceur qui manquait aux autres, même dans leurs jeux. Selwyn venait le second dans son affection ; il l'avait vite reconnu pour le plus intelligent de la portée. Il avait l'esprit tellement plus vif que les autres que Mr. Tebrick fut amené à se demander s'il n'avait pas hérité de sa mère quelque chose d'humain. Il apprit très tôt à connaître son nom, venait quand on l'appelait, et, chose plus étrange encore, connut les noms de ses frères et sœurs bien avant eux-mêmes.

En outre, c'était une sorte de jeune philosophe; et, bien que son frère Kasper le tyrannisât sans cesse, il supportait tout avec une parfaite bonne humeur. Cependant il ne considérait pas comme indigne de lui le plaisir de jouer des tours aux autres. Un jour, tandis que Mr. Tebrick les observait, il fit semblant d'avoir découvert une souris dans un trou proche de la tanière. Aussitôt Sorel, puis Kasper, et Esther le rejoignirent. Dès qu'ils furent tous en train de creuser, il s'échappa sans bruit, vint vers son parrain d'un air malin, s'assit devant lui, sourit, hocha la tête en regardant les autres, puis sourit encore et fronça les sourcils d'un tel air que Mr. Tebrick comprit (aussi clairement que s'il avait parlé) que cet enfant disait : « Je me suis bien moqué d'eux. »

C'était le seul qui fût curieux de Mr. Tebrick ; il demandait à voir sa montre, y appuyait son oreille, regardait et fronçait les sourcils avec perplexité. A la visite suivante, cela recommençait. Il insistait pour revoir la montre et méditait à nouveau sur ce mystère. Mais, si intelligent qu'il fût, le petit Selwyn n'y comprit jamais rien, et si sa mère avait conservé quelques notions sur les montres, elle n'essaya en tout cas jamais de les communiquer à ses enfants.

Un jour, comme Mr. Tebrick venait de quitter le terrier et descendait en courant la pente qui conduisait à la route, il vit avec surprise une voiture qui attendait devant sa maison, et un cocher qui se promenait devant la porte. En rentrant, il trouva le visiteur qui l'attendait. C'était l'oncle de sa femme.

Ils se serrèrent la main, bien que le Révérend Fox hésitât à reconnaître Mr. Tebrick qui le conduisit dans la maison.

Le clergyman regarda avec curiosité la saleté et le désordre de ces lieux ; quand Mr. Tebrick le conduisit dans le salon, il comprit à la poussière épaisse qui couvrait les meubles que cette chambre n'avait pas été occupée depuis plusieurs mois.

Après une courte conversation sur des sujets sans intérêt, le chanoine dit : « Je suis venu surtout pour avoir des nouvelles de ma nièce. »

Mr. Tebrick resta silencieux pendant quelque temps, puis répondit :

– « Elle est très heureuse maintenant. »

– « Vraiment? J'ai entendu dire qu'elle ne vit plus avec vous. »

– « Non. Elle ne vit plus avec moi. Mais elle n'est pas loin d'ici. Je la vois maintenant tous les jours. »

– « Vraiment? Où habite-t-elle. »

– « Dans les bois avec ses enfants. Mais il faut que je vous dise qu'elle a changé de forme, elle est devenue un renard. »

Le Révérend Chanoine Fox se leva. Il était inquiet, et tout ce que disait là Mr. Tebrick confirmait ses craintes et les renseignements qu'on lui avait donnés sur ce qu'il trouverait à Rylands. Quand il fut hors de la maison, il demanda à Mr. Tebrick : « Vous ne recevez plus beaucoup de visites, eh?

– « Non, autant que possible je ne

vois personne. Vous êtes le premier homme auquel j'ai parlé depuis des mois. »

– « Et vous avez raison, mon cher ! Je vous comprends parfaitement – dans de telles conditions. » Sur quoi l'ecclésiastique lui donna une poignée de main, monta en voiture et s'éloigna.

« En tout cas, se disait-il, il n'y aura pas de scandale. » Il était soulagé par le silence de Mr. Tebrick sur sa mission pour répandre l'Evangile. Le chanoine Fox avait été alarmé par cette lettre et n'y avait pas répondu ; il pensait qu'il vaut toujours mieux laisser les choses s'arranger et parler le moins possible des situations déplaisantes. Il n'avait pas la moindre envie de recommander à la Société Biblique son neveu Tebrick, si celui-ci était fou. A Stokoe ses excentricités passeraient inaperçues. D'ailleurs Mr. Tebrick avait dit qu'il était heureux.

Le chanoine plaignit cependant Mr. Tebrick et se dit que sa nièce, cette étrange fille, avait dû l'épouser parce que c'était le premier homme qu'elle eût rencontré. Il pensa aussi qu'il avait peu de chances de jamais la revoir, et après un bout de chemin, dit tout haut.

« Nature peu affectueuse ». Il ajouta aussitôt pour son cocher : « Non, cela va bien. Marchez, Hopkins. »

Mr. Tebrick, resté seul, éprouva un plaisir extrême à se retrouver dans la solitude ; il lui semblait avoir compris le vrai bonheur, et trouvé le parfait contentement en vivant ainsi au jour le jour, insouciant de l'avenir, entouré chaque matin de petites créatures enjouées et affectueuses qu'il aimait tendrement, et assis près de leur mère dont le bonheur ingénu était la source du sien.

« Le vrai bonheur, se disait-il, ne se trouve que dans le don de soi. Aucun bonheur ne vaut celui que goûte une mère auprès de son enfant, sauf peut-être celui auquel j'atteins moi-même près de ma renarde et de ses petits. »

C'est dans de tels sentiments qu'il attendit impatiemment l'heure matinale où il pourrait une fois de plus se hâter vers eux.

Quand il eut monté péniblement la côte qui conduisait à la tanière, en prenant des précautions infinies pour ne pas piétiner les fougères, ni faire (bien involontairement) un chemin qui aurait pu conduire d'autres visiteurs vers ce lieu secret, il constata avec surprise que Silvia n'était plus là et que les petits eux-mêmes avaient disparu.

Les ayant appelés en vain, il se coucha près de la tanière sur un talus de mousse et attendit.

Pendant un temps qui lui parut très long, il resta ainsi immobile, les yeux fermés, les oreilles tendues pour saisir les moindres bruissements des feuilles, ou les mouvements des petits dans la tanière.

A la fin il dut s'endormir, car il se réveilla brusquement, tous ses sens prêts à l'action, et, ouvrant les yeux, il aperçut à six pas de lui un grand renard, accroupi comme un chien, qui le dévisageait avec curiosité. Mr. Tebrick vit tout de suite que ce n'était pas Silvia. Dès qu'il bougea, le renard se leva et détourna les yeux, mais ne céda pas de terrain, et Mr. Tebrick le reconnut alors pour le renard mâle qu'il avait vu jadis transporter un lièvre. C'était la même bête au pelage sombre avec une grande touffe blanche à la queue. Alors le mystère devint trop clair et Mr. Tebrick comprit qu'il voyait devant lui son rival. Là était le vrai père de ses filleuls, celui qui savait en toute certitude que ses enfants lui ressemblaient et qu'ils mèneraient après lui sa vie sauvage et libertine. Mr. Tebrick regarda pendant longtemps ce beau drôle, qui de son côté l'épiait avec méfiance et vigilance, et peut-être aussi avec insolence. Même Mr. Tebrick crut trouver dans son regard une nuance d'humour cynique, comme s'il avait dit :

« Par Dieu ! Voilà une étrange rencontre ! »

L'homme en tout cas trouvait bien étrange le lien qui les unissait, et se demandait si l'amour que ce rival portait à sa renarde et à ses petits était de même étoffe que le sien.

« Nous donnerions tous deux notre vie pour eux », médita-t-il ; « c'est dans leur compagnie que tous deux nous trouvons le vrai bonheur. Qu'il doit être fier, ce sacripant, d'avoir une telle femme, et de tels enfants, qui lui ressemblent !

« Et n'a-t-il pas raison d'être fier ? Il vit dans un monde où mille dangers l'assiègent. Pendant la moitié de l'année, il est traqué ; partout les chiens le poursuivent, les hommes lui tendent des pièges. Il ne doit rien à personne. » Mr. Tebrick ne parlait pas, sachant que la moindre phrase pourrait effrayer le renard ; au bout de quelques minutes il vit celui-ci regarder par-dessus son épaule, puis s'en aller d'un trot aussi léger qu'un voile de mousseline emporté par le vent. Une minute ou deux plus tard, il revint avec sa renarde et ses renardeaux. La vue de ce mâle entouré de sa renarde et de ses petits en fut trop pour Mr. Tebrick; malgré toute sa philosophie, la jalousie le mordit au cœur. Il pouvait voir que Silvia venait de chasser avec ses enfants et qu'elle avait oublié sa visite quotidienne, car elle tressaillit en l'apercevant. Elle vint négligemment lui lécher la main, mais il vit que ses pensées étaient ailleurs.

Bientôt elle fit rentrer ses petits dans la tanière. Le renard avait disparu. Mr. Tebrick se trouva de nouveau seul. Il n'attendit pas plus longtemps et rentra chez lui.

Toute sa tranquillité d'esprit s'était évanouie; le bonheur dont la nuit dernière il s'était flatté de savoir si bien jouir ne semblait plus maintenant qu'une absurde illusion. Cent fois le pauvre gentleman se mordit les lèvres, fronça ses sourcils crispés, frappa du pied, se maudit amèrement, et traita son épouse de chienne. Il ne pouvait se pardonner de n'avoir pas pensé plus tôt à ce damné renard, et d'avoir laissé gambader autour de lui ces petits dont chacun était la preuve qu'un mâle avait joui de sa renarde. Oui, la jalousie ravageait maintenant son esprit; chacun des détails qui, la nuit précédente, avaient été pour lui une raison de bonheur, se transformait dans son cauchemar en image monstrueuse. Il se monta si bien la tête que pendant quelque temps il perdit la raison : Le noir était blanc, le blanc était noir; il était résolu à déterrer dès le matin cette race infâme, à tuer tous ces renards et à se délivrer une bonne fois de cette peste infernale.

Toute la nuit il demeura dans cet état d'esprit, souffrant le martyre, comme s'il avait mordu sans arrêt sur le nerf d'une dent cassée. Mais toutes choses ont une fin; Mr. Tebrick épuisé, brisé par cette détestable passion qu'est la jalousie, tomba dans un sommeil pénible et tourmenté.

Après une heure ou deux la procession d'images confuses et désordonnées qui l'avait d'abord assailli s'arrêta et se transforma en un rêve unique, clair et vigoureux. Sa femme était près de lui, mais sous sa forme véritable, et ils se promenaient ensemble comme au jour funeste de la métamorphose. Pourtant elle avait changé, car on découvrait dans ses traits les signes évidents de malheur. Son visage pâle et défait était gonflé par les larmes, ses cheveux pendaient en désordre, ses mains moites roulaient fiévreusement un petit mouchoir, son corps était secoué de sanglots et il y avait dans toute sa personne un air de négligence prolongée. Entre ses sanglots elle voulait lui avouer un crime qu'elle avait commis, mais il ne pouvait saisir ses mots entrecoupés et ne désirait d'ailleurs pas les entendre, étant étourdi par le chagrin. Ainsi ils continuaient tristement une promenade qui paraissait sans fin, lui entourant de son bras la taille de sa femme, elle tournant sa tête vers lui et souvent dans sa détresse baissant les yeux vers le sol.

Ils s'assirent enfin et il parla : « Je sais, dit-il, qu'ils ne sont pas mes enfants, mais je ne leur imposerai nul traitement barbare. Vous êtes toujours ma femme. Je vous jure de ne jamais les abandonner. Je paierai les frais de leur éducation. » Sur quoi il commença à retourner dans sa tête les noms des écoles. Eton ne pouvait faire l'affaire, ni Harrow, ni Winchester, ni Rugby... il n'aurait pu dire pourquoi aucune de ces écoles ne convenait aux enfants de sa femme, il savait seulement que chaque école qui lui venait à l'esprit était impossible. Mais certainement ils en trouveraient une. Il resta ainsi pendant longtemps, tenant la main de sa chère femme et pensant à ces noms d'école. Enfin elle se leva, toujours en larmes, et s'en alla. Alors, lentement, il se réveilla.

Même après avoir ouvert les yeux et regardé autour de lui, il continua à penser à des écoles et il en vint à conclure qu'il faudrait les envoyer dans un établissement privé et même au besoin prendre un précepteur. « Mais oui, se dit-il en mettant un pied hors du lit, voilà ce qu'il nous faut, un précepteur, et même ainsi nous aurons au début quelques difficultés. »

En disant ces mots, il se demanda

quelles seraient ces difficultés et se rappela que les petits n'étaient pas des enfants ordinaires. Non, ils étaient des renards – rien que des renards. Quand le pauvre Mr. Tebrick se fut souvenu de ce fait, il en demeura comme étourdi. Pendant un temps assez long il ne comprit plus rien du tout. Enfin il éclata en sanglots pleurant sur leur sort et sur le sien. L'horreur de cette situation, le fait même que sa chère femme avait pour enfants des renards le remplissait d'une douloureuse angoisse, et quand enfin il se rappela la cause de ce malheur, et que sa femme elle-même était un renard, ses larmes jaillirent de nouveau, et ne pouvant supporter plus longtemps sa souffrance il se mit à crier de douleur, se frappa la tête une ou deux fois contre le mur, se jeta sur son lit et pleura, pleura, allant jusqu'à déchirer les draps avec ses dents.

Il ne devait aller que vers le soir à la tanière ; il passa toute la journée à errer tristement, le cœur déchiré par une pitié sincère pour sa pauvre renarde et ses enfants.

Enfin quand l'heure vint, il monta à la tanière et la trouva abandonnée. Mais, en entendant sa voix, la petite Esther sortit. Il appela les autres par leurs noms, mais ne reçut pas de réponse, et quelque chose dans les manières de la petite lui fit comprendre qu'elle était seule. Elle paraissait vraiment joyeuse de le voir, grimpa dans ses bras, de là sur son épaule, et même l'embrassa, ce qu'elle faisait rarement (alors que sa sœur Angelica le faisait au contraire tout naturellement). Il s'assit à quelques pas de la tanière, caressa Esther et lui donna du poisson qu'il avait apporté pour sa mère ; elle le dévora si avidement qu'il pensa qu'elle n'avait rien mangé de la journée et qu'elle avait probablement été seule assez longtemps.

Tout d'un coup Esther dressa les oreilles, sauta sur ses pieds et bientôt Mr. Tebrick vit sa renarde s'avancer vers eux. Elle lui fit grand accueil, mais il était évident qu'elle avait peu de temps à perdre, car elle repartit bientôt dans la direction d'où elle était venue, avec Esther à ses côtés. Au bout de quelques mètres la petite resta en arrière, s'arrêtant à chaque instant pour regarder la tanière, puis fit volte-face et courut vers son trou. Mais sa mère n'était pas renarde à se laisser jouer ainsi, elle rattrapa aussitôt sa fille, et la saisissant par la peau de la nuque, la traîna avec elle.

Mr. Tebrick voyant la situation lui dit que, si elle voulait montrer le chemin, il porterait Esther. Au bout d'un instant elle y consentit et ils commencèrent leur étrange voyage.

Silvia trottait un peu en avant, Mr. Tebrick suivait, ayant dans ses bras Esther qui gémissait, se débattait, et lui donna même un petit coup de dent. C'étaient là manœuvres qu'il avait appris à connaître et il connaissait aussi le remède qui est le même pour tous ceux dont le caractère devient trop vif, et c'est de leur faire goûter leur propre médecine. Mr. Tebrick la secoua et lui donna un petit soufflet bien appliqué, après quoi elle bouda mais cessa de mordre.

Ils continuèrent ainsi pendant plus d'un mille, contournèrent la maison de Mr. Tebrick, traversèrent la grand-route et gagnèrent enfin un petit fourré bordé de champs abandonnés. Il faisait maintenant si sombre que

Mr. Tebrick avait du mal à trouver son chemin, car bien des sentiers que sa renarde trouvait assez larges pour elle, n'étaient pas faciles pour lui.

Enfin ils arrivèrent à une autre tanière et, à la lueur des étoiles, Mr. Tebrick put distinguer les autres petits qui jouaient dans l'obscurité.

Il était maintenant fatigué, mais heureux et riait doucement de joie. Bientôt sa renarde, venant vers lui, mit ses pattes sur les épaules de son mari qui s'était assis par terre, et le lécha; il lui rendit son baiser sur le museau, la prit dans ses bras, la roula sous son manteau et, dans l'excès de sa joie, il riait et pleurait tour à tour.

Toute sa jalousie de la nuit précédente était oubliée. Son chagrin désespéré du matin, l'horreur de son rêve s'étaient dissipés. Des renards? Et après? Mr. Tebrick se rendait compte qu'il pouvait être heureux avec eux. Le temps était chaud ; il passa toute la nuit dehors jouant d'abord à cache-cache dans l'ombre avec les petits, puis sa renarde étant partie et les renardeaux devenant trop turbulents, il s'étendit sur le sol et bientôt s'endormit.

Il fut réveillé peu de temps après l'aube par un des petits qui jouait avec ses lacets de souliers. Il se dressa sur son séant et vit deux des renardeaux qui luttaient près de lui, deux autres qui jouaient à cache-cache autour d'un tronc d'arbre, Angelica qui, abandonnant les lacets, vint en gambadant dans ses bras pour l'embrasser, lui dire bonjour et se mit ensuite à mordiller les pointes de son gilet, un peu intimidée par l'ardeur de son étreinte.

Ce réveil fut très doux. La fraîcheur du matin, le parfum de toutes choses à la naissance du jour, les premiers rayons du soleil sur le sommet d'un arbre voisin, un pigeon qui s'éleva soudain dans l'air, tout enchanta Mr. Tebrick ; même la rude odeur des petits renards qu'il serrait dans ses bras lui parut délicieuse. Les coutumes et les institutions des hommes lui semblèrent soudain folie toute pure : « Je changerais volontiers, se dit-il, toute ma vie d'homme contre mon bonheur présent et pourtant je conserve presque toutes mes ridicules idées humaines. Les bêtes sont plus heureuses et je veux faire de mon mieux pour mériter leur bonheur. »

Puis il regarda les petits jouer gaiement : l'un d'eux se glissait derrière un de ses frères avec une furtive douceur, pour bondir soudain et lui faire peur. En les observant, une pensée traversa la tête de Mr. Tebrick ; et c'était que ces petits étaient des innocents ; ils étaient comme une neige sans tache ; ils ne pouvaient pécher, puisque Dieu les avait créés ainsi et qu'ils ne pouvaient transgresser aucun de ses Commandements. Et il pensa aussi que les hommes pèchent parce qu'ils ne peuvent être comme les bêtes.

Il se leva tout heureux et commençait à se diriger vers la maison quand tout à coup il s'arrêta net et se demanda : « Que vont-ils devenir ? »

Cette question le cloua au sol et une frayeur mortelle le fit frissonner comme s'il avait vu un serpent devant lui. Puis il secoua la tête et reprit son chemin. Oui, en effet, qu'allaient devenir sa renarde, et les enfants ?

Cette idée lui donnait une telle fièvre d'appréhension qu'il essaya de l'écarter, mais il n'y réussit pas ; pendant tout ce jour, pendant des semaines entières, elle demeura au fond de toutes ses pensées. Il ne goûtait plus son bonheur avec insouciance comme jadis, mais essayait sans cesse d'échapper à ses propres pensées. Cette angoisse lui inspira le désir de passer avec sa chère Silvia tout le temps qu'il pouvait. Dès lors il prolongea ses visites quotidiennes et prit l'habitude de passer la nuit dans les bois. Il vécut ainsi pendant plusieurs semaines, ne rentrant chez lui que rarement pour renouveler ses provisions. Après avoir passé une semaine, ou peut-être dix jours, dans leur nouvelle tanière, la renarde et les petits prirent une nouvelle habitude, celle de rôder dans les bois. Depuis longtemps déjà, il le savait, sa renarde vivait seule pendant la plus grande partie de la journée; maintenant les renardeaux voulaient tous faire de même. Bref la tanière avait rempli son office, ils en étaient fatigués, ne voulaient plus y entrer que si la crainte les y ramenait.

Ce nouveau mode de vie fut un chagrin de plus pour Mr. Tebrick, car il lui arrivait de ne pas les trouver pendant des heures, et même pendant tout un jour ; alors, ne sachant où ils pouvaient être, il demeurait seul et inquiet. Sa Silvia était pleine d'attentions pour lui ; elle envoyait souvent Angelica ou un autre des petits pour le conduire à leur nouveau séjour, et, quand elle avait le temps, venait elle-même. Ils étaient tous parfaitement habitués à sa présence et en étaient venus à le regarder comme un compagnon naturel ; il était pourtant assez gênant pour eux, car il effrayait les lapins ; malgré cela il était toujours reçu avec de grands transports de joie quand il revenait après une période de séparation. Cette affection que tous lui montraient était, soyez-en certains, la seule source de bonheur pour lui. En fait il ne vivait plus que pour ses renards ; son amour pour sa femme s'était lentement élargi jusqu'à comprendre les petits ; ils étaient devenus ses compagnons de jeux quotidiens et il les connaissait aussi bien que s'ils avaient été ses propres enfants. Avec Selwyn et Angelica il était toujours heureux ; eux de leur côté ne l'étaient jamais autant que dans sa compagnie. Il s'était débarrassé de toute raideur conventionnelle et avait appris de ses renards autant qu'il leur avait enseigné. Jamais on n'avait vu plus curieuse alliance que celle-ci, ni qui eût sur les deux parties plus étrange effet.

Mr. Tebrick pouvait maintenant les suivre partout ; il courait aussi vite qu'eux et pouvait traverser une forêt aussi silencieusement qu'un daim. Il avait appris à se cacher quand un paysan passait de sorte qu'on le vit rarement, et une fois seulement dans leur compagnie. Le plus étrange de tout, c'était qu'il avait pris l'habitude de marcher plié en deux, presque à quatre pattes, touchant parfois le sol de ses mains, surtout lorsqu'il montait une côte.

Il chassait quelquefois avec eux et faisait lever des lapins qu'il rabattait vers l'endroit où les renardeaux étaient embusqués, de sorte que les pauvres lapins leur couraient droit dans la gueule.

Il se rendait aussi utile de mainte autre façon, grimpant aux arbres pour voler des œufs de pigeons dont les petits raffolaient, ou tuant pour eux un hérisson, ce qui leur évitait de se piquer la bouche. Eux de leur côté ne restaient pas en arrière et apprirent de lui une douzaine de tours humains qui manquent d'ordinaire à l'éducation de Maître Renard.

Un soir il alla voir un villageois qui avait des ruches et en acheta une, telle quelle était, après que l'homme eût asphyxié les abeilles. Il l'apporta aux renardeaux pour leur faire goûter le miel, car il les avait souvent vus déterrer des nids d'abeilles sauvages. Cette ruche pleine fut en effet pour eux un magnifique festin, ils mordirent gloutonnement dans les rayons épais et parfumés, leurs mâchoires furent noyées dans un flot gluant de douceur, et ils se gorgèrent tout leur saoul. Après la dernière bouchée ils mirent la ruche en pièces et pendant plusieurs heures furent agréablement occupés à se nettoyer à coups de langue.

Cette nuit-là Mr. Tebrick dormit près de leur repaire, mais ils le quittèrent et partirent en chasse. Le matin quand il se réveilla il était tout engourdi par le froid et avait si faim qu'il était près de s'évanouir. Une buée blanche était suspendue sur toutes choses; le bois sentait l'automne.

Il se leva, étira ses membres fatigués et se dirigea vers sa maison. L'été était fini. Mr. Tebrick le remarqua pour la première fois et en fut surpris; il se dit que les petits grandissaient vite, qu'ils étaient devenus renards en tous points et pourtant, quand il se rappelait le temps où ils avaient été de petites bêtes noiraudes aux yeux bleus, il lui semblait que c'était hier. Tout cela l'amena à penser à l'avenir et à se demander, comme il l'avait déjà fait une fois, ce qu'allaient devenir sa renarde et ses enfants. Il fallait qu'avant l'hiver, saison des chasses, il pût les persuader de chercher refuge dans son jardin qu'il fortifierait ensuite contre tous les dangers qui les menaçaient.

Mais il eut beau essayer d'apaiser ses craintes par de tels projets, il demeura inquiet toute la journée. L'après-midi quand il alla les voir il ne trouva que sa femme Silvia et vit tout de suite qu'elle aussi était inquiète, mais hélas, pauvre créature, elle ne pouvait rien lui dire, mais seulement lécher ses mains et son visage et s'agiter au moindre bruit en dressant les oreilles.

« Où sont vos enfants, Silvia? » lui demanda-t-il plusieurs fois, mais cette question paraissait l'agacer. Enfin elle sauta dans ses bras, se serra bien fort sur sa poitrine, et l'embrassa tendrement, de sorte qu'il partit le cœur plus léger sachant qu'elle l'aimait encore.

Cette nuit-là il coucha chez lui, mais le matin de bonne heure il fut réveillé par le trot de plusieurs chevaux, et, courant à la fenêtre, vit passer à cheval un fermier très endimanché. « Chasserait-on déjà ? » se demanda-t-il, mais il se rassura vite en se disant que ce n'était guère possible.

Il n'entendit rien d'autre jusqu'à onze heures du matin quand tout à coup une meute donna de la voix, à distance assez courte de chez lui. Mr. Tebrick très effrayé courut au-dehors et ouvrit les grilles du jardin ; il avait disposé au-dessus des grilles des barres et du fil de fer pour empêcher les chasseurs de suivre. Puis ce fut de nouveau le silence. Il est probable que le renard avait dû s'éloigner car on n'entendait plus aucun bruit de chasse. Mr. Tebrick était maintenant comme paralysé par la frayeur. Il n'osait sortir et ne supportait pas de se tenir tranquille; il ne pouvait rien faire, mais ne voulait pas admettre son impuissance. Il s'employa à faire des trous dans les haies pour que Silvia (ou ses petits) pussent pénétrer chez lui de tous côtés.

Enfin il se força à rentrer, à s'asseoir et à boire un peu de thé. A ce moment il crut de nouveau entendre les chiens; ce n'était qu'un écho lointain et étouffé, mais lorsqu'il sortit de la maison, la chasse était déjà tout près de lui, dans le petit bois.

Ce fut alors que le pauvre Mr. Tebrick commit sa grande erreur; en entendant les chiens qui étaient presque à la grille il courut au-devant d'eux, alors qu'il aurait dû courir vers la maison. Dès qu'il atteignit la grille il vit sa femme Silvia qui venait vers lui, très fatiguée par la course, et les chiens presque sur elle. L'horreur de ce spectacle le perça jusqu'au cœur, et toujours dans la suite il fut hanté par ces chiens – toute sa vie leur acharnement, leurs efforts frénétiques pour se rapprocher d'elle, leur aveugle appétit de son sang, vinrent aux plus étranges moments lui donner des accès de terreur. Il aurait dû courir en arrière, bien qu'il fût déjà tard pour le faire, mais au contraire il l'appela et elle vint droit sur lui à travers la grille ouverte. La scène qui suivit ne dura que le temps d'un éclair mais fut vue par de nombreux témoins.

Le jardin de Mr. Tebrick est enclos en cet endroit par un mur haut de six pieds environ, qui dessine une courbe, de sorte que les chasseurs purent voir, par-dessus ce mur, ce qui se passait à l'intérieur. L'un d'eux fit même très courageusement sauter son cheval, ce qui était risquer sa peau ; il franchit le mur sans accident, mais arriva trop tard pour rendre grand service.

La renarde s'était précipitée dans les bras de Mr. Tebrick et, avant qu'il eût pu se retourner, les chiens furent sur eux et les renversèrent. A ce moment un cri de désespoir fut entendu par toute la chasse, qui avait rejoint, et les chasseurs déclarèrent ensuite que c'était plutôt une voix de femme que d'homme. Avait-il été poussé par Mr. Tebrick ou par sa femme qui aurait subitement retrouvé la voix? On ne sait. Quand le chasseur qui avait sauté le mur arriva jusqu'à eux et eut chassé les chiens à coups de fouet, Mr. Tebrick avait été terriblement maltraité et son sang coulait par vingt blessures. Quant à sa renarde elle était morte, et il tenait encore le cadavre étroitement embrassé.

On transporta aussitôt Mr. Tebrick dans la maison et on envoya chercher du secours, mais on ne pouvait plus douter que ses voisins fussent dans le vrai quand ils le disaient fou.

Pendant longtemps on désespéra de sa vie, mais à la fin il se remit. Plus tard même il retrouva la raison et vécut jusqu'à un âge très avancé ; je dois même dire qu'il est encore vivant.

Dans la collection
Les Cahiers Rouges

Joseph d'Arbaud	42	*La Bête du Vaccarès*
Jacques Audiberti	187	*L'Opéra du monde*
Marguerite Audoux	79	*L'Atelier de Marie-Claire*
Marguerite Audoux	78	*Marie-Claire*
Marcel Aymé	23	*Clérambard*
Charles Baudelaire	172	*Lettres inédites aux siens*
Béatrix Beck	92	*La Décharge*
Béatrix Beck	93	*Josée dite Nancy*
Julien Benda	127	*La Trahison des clercs*
Emmanuel Berl	166	*Méditation sur un amour défunt*
Emmanuel Berl	80	*Rachel et autres grâces*
Tristan Bernard	196	*Mots croisés*
Princesse Bibesco	115	*Catherine-Paris*
Ambrose Bierce	47	*Histoires impossibles*
Ambrose Bierce	68	*Morts violentes*
André Breton, Lise Deharme, Julien Gracq, Jean Tardieu	52	*Farouche à quatre feuilles*
Charles Bukowski	164	*Au sud de nulle part*
Charles Bukowski	204	*Factotum*
Charles Bukowski	108	*L'amour est un chien de l'enfer t.1*
Charles Bukowski	121	*L'amour est un chien de l'enfer t.2*
Charles Bukowski	60	*Le Postier*
Charles Bukowski	153	*Souvenirs d'un pas grand-chose*
Charles Bukowski	188	*Women*
Anthony Burgess	191	*Pianistes*
Michel Butor	199	*Le Génie du lieu*
Erskine Caldwell	17	*Une lampe, le soir…*
Henri Calet	161	*Contre l'oubli*
Henri Calet	169	*Le Croquant indiscret*
Blaise Cendrars	01	*Moravagine*
Blaise Cendrars	120	*Rhum*
Blaise Cendrars	72	*La Vie dangereuse*
André Chamson	61	*L'Auberge de l'abîme*
Jacques Chardonne	18	*Claire*
Jacques Chardonne	39	*Lettres à Roger Nimier*
Jacques Chardonne	101	*Les Varais*
Jacques Chardonne	32	*Vivre à Madère*
Alphonse de Châteaubriant	49	*La Brière*

Jean Giraudoux	103	*Siegfried et le Limousin*
Ernst Glaeser	62	*Le Dernier Civil*
William Goyen	142	*Savannah*
Jean Guéhenno	117	*Changer la vie*
Yvette Guilbert	214	*La Chanson de ma vie*
Louis Guilloux	134	*Angélina*
Louis Guilloux	76	*Dossier confidentiel*
Louis Guilloux	05	*La Maison du peuple*
Kléber Haedens	35	*Adios*
Kléber Haedens	89	*L'été finit sous les tilleuls*
Kléber Haedens	97	*Une histoire de la littérature française*
Knut Hamsun	53	*Vagabonds*
Joseph Heller	44	*Catch 22*
Louis Hémon	19	*Battling Malone, pugiliste*
Louis Hémon	55	*Monsieur Ripois et la Némésis*
Hermann Hesse	82	*Siddhartha*
Panaït Istrati	30	*Les Chardons du Baragan*
Pascal Jardin	102	*La Guerre à neuf ans*
Pascal Jardin	211	*Guerre après guerre*
Marcel Jouhandeau	170	*Élise architecte*
Ernst Jünger	157	*Le Contemplateur solitaire*
Franz Kafka	10	*Tentation au village*
Paul Klee	150	*Journal*
Jacques Laurent	202	*Croire à Noël*
Jacques Laurent	41	*Le Petit Canard*
Le Golif	59	*Cahiers de Le Golif, dit Borgnefesse*
Paul Léautaud	126	*Bestiaire*
G. Lenotre	99	*La Révolution par ceux qui l'ont vue*
G. Lenotre	100	*Sous le bonnet rouge*
G. Lenotre	213	*Versailles au temps des rois*
Primo Levi	85	*La Trêve*
Suzanne Lilar	131	*Le Couple*
Pierre Mac Orlan	11	*Marguerite de la nuit*
Vladimir Maïakovski	112	*Théâtre*
Norman Mailer	184	*Les Armées de la nuit*
Norman Mailer	81	*Pourquoi sommes-nous au Vietnam ?*
Norman Mailer	36	*Un rêve américain*
Curzio Malaparte	165	*Technique du coup d'État*
Eduardo Mallea	206	*La Barque de glace*
André Malraux	28	*La Tentation de l'Occident*
Heinrich Mann	13	*Professeur Unrat (l'Ange bleu)*
Klaus Mann	177	*Mephisto*
Klaus Mann	178	*Le Volcan*
Thomas Mann	03	*Altesse royale*
Thomas Mann	133	*Mario et le magicien*
Thomas Mann	25	*Sang réservé*

François Mauriac	37	*Les Anges noirs*
François Mauriac	38	*La Pharisienne*
François Mauriac	176	*Thérèse Desqueyroux*
André Maurois	180	*Les Silences du Colonel Bramble*
Paul Morand	90	*Air indien*
Paul Morand	83	*Bouddha vivant*
Paul Morand	113	*Champions du monde*
Paul Morand	48	*L'Europe galante*
Paul Morand	04	*Lewis et Irène*
Paul Morand	67	*Magie noire*
Alvaro Mutis	167	*La Dernière Escale du tramp steamer*
Alvaro Mutis	163	*Ilona vient avec la pluie*
Alvaro Mutis	159	*La Neige de l'Amiral*
Vladimir Nabokov	06	*Chambre obscure*
Irène Némirovsky	122	*L'Affaire Courilof*
Irène Némirovsky	51	*Le Bal*
Irène Némirovsky	63	*David Golder*
Irène Némirovsky	87	*Les Mouches d'automne*
Paul Nizan	50	*Antoine Bloyé*
François Nourissier	07	*Un petit bourgeois*
René de Obaldia	08	*Le Centenaire*
René de Obaldia	151	*Innocentines*
Edouard Peisson	183	*Hans le marin*
Édouard Peisson	212	*Le Sel de la mer*
Joseph Peyré	40	*L'Escadron blanc*
Joseph Peyré	152	*Matterhorn*
Joseph Peyré	98	*Sang et Lumières*
Charles-Louis Philippe	57	*Bubu de Montparnasse*
André Pieyre de Mandiargues	118	*Le Belvédère*
André Pieyre de Mandiargues	119	*Deuxième Belvédère*
André Pieyre de Mandiargues	26	*Feu de Braise*
Henry Poulaille	65	*Le Pain quotidien*
John Cowper Powys	96	*Camp retranché*
Raymond Radiguet	200	*Le Diable au corps*
Charles-Ferdinand Ramuz	66	*Aline*
Charles-Ferdinand Ramuz	43	*Derborence*
Charles-Ferdinand Ramuz	104	*La Grande Peur dans la montagne*
Charles-Ferdinand Ramuz	215	*Jean-Luc persécuté*
Jean François Revel	75	*Sur Proust*
André de Richaud	22	*La Barette rouge*
André de Richaud	86	*La Douleur*
André de Richaud	20	*L'Étrange Visiteur*
Rainer-Maria Rilke	24	*Lettres à un jeune poète*
Marthe Robert	94	*L'Ancien et le Nouveau*
Mark Rutherford	111	*L'Autobiographie de Mark Rutherford*
Maurice Sachs	73	*Au temps du Boeuf sur le toit*

Vita Sackville-West	141	*Au temps du roi Edouard*
Leonardo Sciascia	128	*L'Affaire Moro*
Leonardo Sciascia	110	*Du côté des infidèles*
Leonardo Sciascia	109	*Pirandello et la Sicile*
Jorge Semprun	144	*Quel beau dimanche*
Victor Serge	58	*S'il est minuit dans le siècle*
Friedrich Sieburg	135	*Dieu est-il Français?*
Ignazio Silone	210	*Fontamara*
Ignazio Silone	21	*Une poignée de mûres*
Philippe Soupault	70	*Poèmes et poésies*
Roger Stéphane	209	*Portrait de l'aventurier*
André Suarès	136	*Vues sur l'Europe*
Pierre Teilhard de Chardin	168	*Écrits du temps de la guerre (1916-1919)*
Paul Theroux	182	*Voyage excentrique et ferroviaire autour du Royaume-Uni*
Roger Vailland	192	*Bon pied bon oeil*
Roger Vailland	84	*Éloge du cardinal de Bernis*
Roger Vailland	147	*Les Mauvais coups*
Roger Vailland	154	*Un jeune homme seul*
Vincent Van Gogh	105	*Lettres à son frère Théo*
Vincent Van Gogh	148	*Lettres à Van Rappard*
Vercors	158	*Sylva*
Paul Verlaine	146	*Choix de poésies*
Frédéric Vitoux	194	*Bébert, le chat de Louis-Ferdinand Céline*
Ambroise Vollard	197	*En écoutant Cézanne, Degas, Renoir*
Jakob Wassermann	160	*Gaspard Hauser*
Mary Webb	54	*Sarn*
Kenneth White	56	*Lettres de Gourgounel*
Walt Whitman	106	*Feuilles d'herbe t.1*
Walt Whitman	193	*Feuilles d'herbe t.2*
Émile Zola	162	*Germinal*
Zola, Maupassant, Huysmans, Céard, Hennique, Alexis	129	*Les soirées de Médan*
Stefan Zweig	64	*Brûlant secret*
Stefan Zweig	12	*Le Chandelier enterré*
Stefan Zweig	91	*Érasme*
Stefan Zweig	31	*La Peur*
Stefan Zweig	14	*La Pitié dangereuse*
Stefan Zweig	186	*Un caprice de Bonaparte*

Cet ouvrage a été réalisé par la
SOCIÉTÉ NOUVELLE FIRMIN-DIDOT
Mesnil-sur-l'Estrée
pour le compte des Éditions Grasset
en juillet 1995

Imprimé en France
Première édition, dépôt légal : mai 1994
Nouveau tirage, dépôt légal : juillet 1995
N° d'édition : 9789 – N° d'impression : 31426
ISBN : 2-246-12162-0
ISSN : 0756-7170